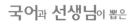

국어과 선생님이 뽑은

한국문학읽기
한국고전읽기
세계문학읽기

국어과 선생님이 뽑은 최서해 단편선

탈출기 & 홍염

dskimp2004@yahoo.co.kr 엮음

국어과 선생님이 뽑은 초1서6하반 단편선
탈출기 & 홍염

초판 1쇄 | 2012년 2월 15일 발행

저자 | 최서해
엮은이 | dskimp2004@yahoo.co.kr
교정 | 이정민
디자인 | 인지숙
일러스트 | 이혜인 · 김한걸
펴낸이 | 이경자
펴낸곳 | 북앤북

주소 | 서울 마포구 월드컵로 11길 35, 101동 502호
전화 | 02-336-9948
팩시밀리 | 02-337-4315
등록 | 제 313-2008-000016호

ISBN 978-89-89994-66-4 04810
잘못된 책은 구입하신 서점에서 바꾸어 드립니다.

이 책에 수록된 작품의 표기는 '한글 맞춤법'의
규정을 원칙으로 하되 작가 특유의 문체나 방언,
외래어 등은 원본에 따른다.

최서해의 탈출기 & 홍염을

_____에게 드립니다

최서해 단편선

오죽 먹고 싶었으면,

길바닥에 내던진 굴 껍질을 주워 먹을까,
더욱 몸 비잖은 그게!

아아, 나는 사람이 아니다.

그러한 아내를 의심하였구나!

① 탈출기

김 군! 수삼 차 편지는 반갑게 받았다. 그러나 한 번도 회답치 못하였다. 물론 충정에는 나도 감사를 드리지만 그 충정을 나도 받을 수 없다.

― 박 군! 나는 군의 탈가(脫家)를 찬성할 수 없다.

음험한 이역에 늙은 어머니와 어린 처자를 버리고 나선 군의 행동을 나는 찬성할 수 없다. 박 군! 돌아가라. 어서 집으로 돌아가라. 군의 부모와 처자가 이역 노두에서 방황하는 것을 나는 눈앞에 보는 듯싶다. 그네들이 의지할 곳은 오직 군의 품밖에 없다. 군은 그네들을 구해야 할 것이다.

군은 군의 가정에서 동량(棟樑)이다. 동량이 없는 집이 어디 있으랴. 조그마한 고통으로 집을 버리고 나선다는 것이 의지가 굳다는 박 군으로서는 너무도 박약한 소위이다. 군은 ××단에 몸을 던져 ×선에 섰다는 말을 일전 황 군에게서 듣기는 하였으나, 그렇다 하여도 나는 그것을 시인할 수 없다. 가족을 못살리는 힘으로 어찌 사회를 건지랴.

박 군! 나는 군이 돌아가기를 충정으로 바란다. 군의 가족이 사람들 발 아래서 짓밟히는 것을 생각할 때 군의 가슴인들 어찌 편하랴.

김 군! 군은 이러한 말을 편지마다 썼지? 나는 군의 뜻을 잘 알았다. 사랑하는 나의 가족을 위하여 동정하여 주는 군에게 어찌 감사치 않으랴. 정다운 벗의 충고에 나는 늘 울었다. 그러나 그 충고를 들을 수 없다. 듣지 않는 것이 군에게는 고통이 되는지 분노가 되는지, 나에게 있어서는 행복일는지도 알 수 없는 까닭이다.

김 군! 나도 사람이다. 정애가 있는 사람이다. 나의

목숨 같은 내 가족이 유린받는 것을 내 어찌 생각지 않으랴. 나의 고통을 제3자로서는 만분의 일이라도 느낄 수 없는 것이다.

나는 이제 나의 탈가한 이유를 군에게 말하고자 한다. 여기에 대하여 동정과 비난은 군의 자유이다. 나는 다만 이러하다는 것을 군에게 알릴 뿐이다. 나는 이것을 군이 아니면 다른 사람에게라도 알리지 않고는 견딜 수 없는 충동을 받는 까닭이다.

그러나 나는 단언한다. 군도 사람이어니 나의 말하는 것을 부인치는 못하리라.

2

김 군! 내가 고향을 떠난 것은 5년 전이다. 이것도 군은 아는 사실이다. 나는 그때에 어머니와 아내를 데리고 떠났다. 내가 고향을 떠나 간도로 간 것은 너무도 절박한 생활에 시든 몸에 새 힘을 얻을까 하여, 새 희망을 품고 새 세계를 동경하여 떠난 것도 군이 아는 사실이다.

……간도는 천부금탕(온갖 산물이 나는 땅)이다. 기름

진 땅이 흔하여 어디를 가든지 농사를 지을 수 있고, 농사를 지으면 쌀도 흔할 것이다. 삼림이 많으니 나무 걱정도 될 것이 없다.

농사를 지어서 배불리 먹고 뜨듯이 지내자. 그리고 깨끗한 초가나 지어 놓고, 글도 읽고 무지한 농민들을 가르쳐서 이상촌(理想村)을 건설하리라. 이렇게 하면 간도의 황무지를 개척할 수 있다.

이것이 간도 갈 때의 내 머릿속에 그리었던 이상이었다. 이때에 나는 얼마나 기뻤으랴! 두만강을 건너고 오랑캐령을 넘어서 망망한 평야와 산천을 바라볼 때 청춘의 내 가슴은 이상의 불길에 탔다. 구수한 내 소리와 헌헌한 내 행동에 어머니와 아내도 기뻐하였다.

오랑캐령을 올라서니 서북으로 쏠려 오는 봄 세찬 바람이 어떻게 뺨을 갈기는지,

"에그, 춥구나! 여기는 아직도 겨울이구나."

하고 어머니는 수레 위에서 이불을 뒤집어썼다.

"무얼요, 이 바람을 많이 마셔야 성공이 올 것입니다."

나는 가장 씩씩하게 말하였다. 이처럼 나는 기쁘고 활기로웠다.

3

김 군! 그러나 나의 이상은 물거품으로 돌아갔다. 간도에 들어서서 한 달이 못 되어서부터 거친 물결은 우리 세 생령(生靈)의 앞에 기탄없이 몰려왔다.

나는 농사를 지으려고 밭을 구하였다. 빈 땅은 없었다. 돈을 주고 사기 전에는 한 평의 땅이나마 손에 넣을 수 없었다. 그렇지 않으면 지나인(支那人)의 밭을 도조(남의 논밭을 빌림)나 타조(소작료를 거둠)로 얻어야 한다. 1년 내 중국 사람에게 양식을 꾸어 먹고 도조나 타조를 얻는대야 1년 양식 빚도 못 될 것이고, 또 나 같은 시로도(아마추어)에게는 밭을 주지 않았다.

생소한 산천이요, 생소한 사람들이니 어디 가 어쩌면 좋을는지 의논할 사람도 없었다. H라는 촌 거리에 셋방을 얻어 가지고 어름어름하는 새에 보름이 지나고 한 달이 넘었다. 그새에 몇 푼 남았던 돈은 다 불려 먹고, 밭은 고사하고 일자리도 못 얻었다.

나는 팔을 걷고 나섰다. 이리저리 돌아다니면서 구들도 고쳐 주고 가마도 붙여 주었다. 이리하여 호구하게 되었다. 이때 H장에서는 나를 온돌장이라고 불렀다. 갈 아입을 의복이 없는 나는 늘 숯검정이 꺼멓게 묻은 의복을 벗을 새가 없었다.

H장은 좁은 곳이다. 구들 고치는 일도 늘 있지 않았다. 그것으로 밥 먹기가 어려웠다. 나는 여름 불볕에 삯김도 매고 꼴도 베어 팔았다. 그리고 어머니와 아내는 삯방아 찧고, 강가에 나가서 부스러진 나뭇개비를 주워서 겨우 연명하였다.

김 군! 나는 이때부터 비로소 무서운 인간고를 느꼈다. 아아, 인생이란 과연 이렇게도 괴로운 것인가 하는 것을 생각하게 되었다. 나는 나에게 닥치는 풍파 때문에 눈물 흘린 일은 이때까지 없었다. 그러나 어머니가 나무를 줍고 젊은 아내가 삯방아를 찧을 때, 나의 피는 끓었으며 나의 눈은 눈물에 흐려졌다.

"에그, 차라리 내가 드러누워 앓고 있지, 네 괴로워하는 꼴은 차마 못 보겠다."

이것은 언제 내가 병들어 신음할 때에 어머니가 울면서 하신 말씀이다. 이것을 무심히 들었던 나는 이때에야 이 말의 참뜻을 느꼈다.

'아아, 차라리 나의 고기가(살이) 찢어지고 뼈가 부서지는 것은 참을 수 있으나, 내 눈앞에서 사랑하는 늙은 어머니와 아내가 배를 주리고 남의 멸시를 받는 것은 참으로 견디기 어렵구나.'

나는 이렇게 여러 번 가슴을 쳤다. 나는 밤이나 낮이나 비 오나 바람이 치나 헤아리지 않고 삯김, 삯심부름, 삯나무, 무엇이든지 가리지 않았다.

"오늘도 배고프겠구나, 아침도 변변히 못 먹고……. 나는 너 배 주리지 않는 것을 보았으면 죽어도 눈을 감겠다."

내가 삯일을 하다가 돌아오면 어머니는 우실 듯이 말씀하셨다.

그러나 나는 흔연하게,

"배는 무슨 배가 고파요."
하고 대답하였다.

내 아내는 늘 별말이 없었다. 무슨 일이든지 시키는 대로 다소곳하고 아무 소리 없이 순종하였다. 나는 그것이 더욱 불쌍하게 생각된다. 나는 어머니보다도 아내 보기가 퍽 부끄러웠다.

"경제의 자립도 못 되는 내가 왜 장가를 들었누?"
이것은 부모가 한 일이지만 나는 이렇게 탄식하였다.

그럴수록 아내에 대하여 황공하였고 존경하였다.

어떻게 하면 살 수 있을까……? 이러한 생각은 이때 내 머리를 몹시 때렸다. 이때 나에게 '부지런한 자에게 복이 온다.' 하는 말이 거짓말로 생각되었다. 그 말을 지상의 격언으로 굳게 믿어 온 나는 그 말에 도리어 일종의 의심을 품게 되었고 나중은 부인까지 하게 되었다.

부지런하다면 이때 우리처럼 부지런함이 어디 있으며 정직하다면 이때 우리 식구같이 정직함이 어디 있으랴. 그러나 빈곤은 날로 심하였다. 이틀 사흘 굶은 적도 한두 번이 아니었다.

한번은 이틀이나 굶고 일자리를 찾다가 집으로 들어가 보니, 부엌 앞에서 아내가 ─ 아내는 이때에 아이를 배어서 배가 남산만 하였다. ─ 무엇을 먹다가 깜짝 놀란다. 그리고 손에 쥐었던 것을 얼른 아궁이에 집어넣는다. 이때 불쾌한 감정이 내 가슴에 떠올랐다.

'……무얼 먹을까? 어디서 무엇을 얻었을까? 무엇이기에 어머니와 나 몰래 먹누? 아! 여편네란 그런 것이로구나! 아니, 그러나 설마……, 그래도 무엇을 먹던데…….'

나는 이렇게 아내를 의심도 하고 원망도 하고 밉게도

생각하였다. 아내는 아무런 말없이 어색하게 머리를 숙이고 앉아 씩씩하다가 밖으로 나간다. 그 얼굴은 좀 붉었다.

아내가 나간 뒤에 나는 아내가 먹다 던진 것을 찾으려고 아궁이를 뒤지었다. 싸늘하게 식은 재를 막대기로 뒤져 내니 벌건 것이 눈에 띄었다. 나는 그것을 집었다. 그것은 귤 껍질이다. 거기에는 베어 먹은 잇자국이 났다. 귤 껍질을 쥔 나의 손이 떨리고 잇자국을 보는 내 눈에는 눈물이 괴었다.

김 군! 이때 나의 감정을 어떻게 표현하면 적당할까?

— 오죽 먹고 싶었으면 길바닥에 내던진 귤 껍질을 주워 먹을까, 더욱 몸 비잖은 그가! 아아, 나는 사람이 아니다. 그러한 아내를 의심하였구나! 이놈이 어찌하여 그러한 아내에게 불평을 품었는가. 나 같은 잔악한 놈이 어디 있으랴. 내가 양심이 부끄러워서 무슨 면목으로 아내를 볼까? — 이렇게 생각하면서 나는 느껴 가며 눈물을 흘렸다. 귤 껍질을 쥔 채로 이를 악물고 울었다.

"야, 어째서 우느냐? 일어나거라. 우리도 살 때 있겠지, 늘 이러겠느냐."

하면서 누가 어깨를 친다. 나는 그것이 어머니인 것을 알았다.

'아이구, 어머니, 나는 불효외다.'

하면서 어머니의 팔을 안고 자꾸자꾸 울고 싶었다. 그러나 나는 아무 소리 없이 가슴을 부둥켜안고 밖으로 나갔다.

'내가 왜 우누? 울기만 하면 무엇하나? 살자! 살자! 어떻게든 살아 보자! 내 어머니와 내 아내도 살아야 하겠다. 이 목숨이 있는 때까지는 벌어 보자!'

나는 이를 갈고 주먹을 쥐었다. 그러나 눈물은 여전히 흘렀다. 아내는 말없이 울고 섰는 내 곁에 와서 손으로 치마끈을 만지작거리며 눈물을 떨어뜨린다. 농삿집에서 자라난 아내는 지금도 어찌 수줍은지 내가 울면 같이 울기는 하여도 어떻게 말로 위로할 줄은 모른다.

4

김 군! 세월은 우리를 위하여 여름을 항시 주지는 않았다.

서풍이 불고 서리가 내리기 시작하였다. 찬 기운은 벗은 우리를 위협하였다.

가을부터 나는 대구어(大口魚) 장사를 하였다. 3원을 주고 대구 열 마리를 사서 등에 지고 산골로 다니면서 콩과 바꾸었다. 난 대구 열 마리는 등에 질 수 있었으나 대구 열 마리를 주고 받은 콩 열 말은 질 수 없었다. 나는 하는 수 없이 삼사십 리나 되는 곳에서 두 말씩 사흘 동안이나 져 왔다. 우리는 열 말 되는 콩을 자본 삼아 두부 장사를 시작하였다.

아내와 나는 진종일 맷돌질을 하였다. 무거운 맷돌을 돌리고 나면 팔이 뚝 떨어지는 듯 하였다.

내가 이렇게 괴로울 적에 해산한 지 며칠 안 되는 아내의 괴로움이야 어떠하였으랴. 그는 늘 낯이 푸석푸석하였다. 그래도 나는 무슨 불평이 있는 때면 아내를 욕하였다. 그러나 욕한 뒤에는 곧 후회하였다.

콧구멍만한 부엌방에 가마를 걸고 맷돌을 걸고 나무를 들이고 의복 가지를 걸고 하면 사람은 겨우 비비고 들어앉게 된다. 뜬 김에 문창은 떨어지고 벽은 눅눅하다. 모든 것이 후줄근하여 의복을 입은 채 미지근한 물 속에 들어앉은 듯하였다.

어떤 때는 애써 갈아 놓은 비지가 이 뜬 김 속에서 쉬어버렸다. 두붓물이 가마에서 몹시 끓어 번질 때에 우윳빛 같은 두붓물 위에 버터빛 같은 노란 기름이 엉기면 그것은 두부가 잘될 징조다. 우리는 안심한다. 그러나 두붓물이 희멀끔해지고 기름기가 돌지 않으면 거기만 시선을 쓰고 있는 아내의 낯빛부터 글러 가기 시작한다. 초를 쳐 보아서 두붓발이 서지 않게 매캐지근하게 풀어질 때에는 우리의 가슴은 덜컥한다.

"또 쉰 게로구나! 저를 어쩌누?"

젖을 달라고 빽빽 우는 어린아이를 안고 서서, 두붓물만 들여다보시는 어머니는 목메인 말씀을 하시면서 우신다. 이렇게 되면 온 집안은 신산하여 말할 수 없는 울음, 비통, 처참, 소조(蕭條, 고요하고 쓸쓸함)한 분위기에 싸인다.

"너 고생한 게 애달프구나! 팔이 부러지게 갈아서……, 그거(두부)를 팔아서 장을 보려고 태산같이 바랐더니……."

어머니는 그저 가슴을 뜯으면서 우신다. 아내도 울듯

울듯 머리를 숙인다. 그 두부를 판대야 큰돈은 못 된다. 기껏 남는대야 이십 전이나 삼십 전이다. 그것으로 우리는 호구를 한다. 이십 전이나 삼십 전에 어머니는 운다. 아내도 기운이 준다. 나까지 가슴이 바짝바짝 죈다.

그날은 하는 수 없이 쉰 두붓물로 때를 에우고(끼니를 때우고) 지낸다. 아이는 젖을 달라고 밤새껏 빽빽거린다. 우리의 살림에 어린것도 귀치 않았다.

5

울면서 겨자 먹기로 괴로운 대로 또 두부를 하지 않으면 안 된다. 그러나 이번에는 땔나무가 없다. 나는 낫을 들고 떠난다. 내가 낫을 들고 떠나면 산후 여독으로 신음하는 아내도 낫을 들고 말없이 나를 따라나선다. 어머니와 나는 굳이 만류하나 아내는 듣지 않는다. 내 손으로 하는 나무이언만 마음놓고는 못한다. 산 임자에게 들키면 여간한 경을 치지 않는다. 그러므로 황혼이면 산에 가서 나무를 하여 가지고 밤이 깊어서 돌아온다.

아내는 이고 나는 지고, 캄캄한 밤에 산비탈을 내려
오다가 발이 미끄러지거나 돌에 차이면 곤두박질을 하
여 나뭇짐 속에 든다. 아내는 소리 없이 이었던 나무를
내려놓고 나뭇짐에 눌려서 버둥거리는 나를 겨우 끄집
어 일으킨다. 그러나 내가 나뭇짐을 지고 일어나면 아
내는 나뭇짐을 이지 못한다. 또 내가 나뭇짐을 벗고 아
내에게 이어 주면, 나는 추어 주는 이 없이는 나뭇짐을
질 수가 없었다. 하는 수 없이 나는 어떤 높은 바위에
벗어 놓고 아내에게 이어 준다.

이리하여 산비탈을 내려오면 언제 왔는지 어머니는
애를 업고 우들우들 떨면서 산 아래서 기다리다가도,

"인제 오니? 나는 너 또 붙들리지나 않는가 하여 혼
이 났다."

하신다. 이때마다 내 가슴은 저렸다. 나는 이렇게 나
무를 하다가 중국 경찰서까지 잡혀가서 여러 번 맞았다.

이때 이웃에서는 우리를 조소하고, 경찰에서는 우리
를 의심하였다.

— 흥, 신수가 멀쩡한 연놈들이 그 꼴이야. 어디 가 일
자리도 구하지 않고, 그 눈이 누래서 두부 장사하는 꼬
락서니는 참 더러워서 못 보겠네. ×알을 달고 나서 그

렇게야 살리 —

이것은 이웃 남녀가 비웃는 소리였다. 그리고 어떤 산임자가 나무 잃고 고발을 하면 경찰에서는 불문곡직하고 우리 집부터 수색하고 질문하면서 나를 때린다. 그러나 나는 호소할 곳이 없다.

6

김 군! 이러구러 겨울은 깊어가고 기한은 점점 박두하였다. 일자리는 없고⋯⋯, 그렇다고 손을 털고 앉았을 수도 없었다. 모든 식구가 퍼러퍼레서(시퍼레서) 굶고 앉은 꼴을 나는 그저 볼 수 없었다. 시퍼런 칼이라도 들고 하루라도 괴로운 생을 모면하도록 쿡쿡 찔러 없애고 나까지 없어지든지, 나가서 강도질이라도 하여서 기한을 면하든지 하는 수밖에는 더 도리가 없게 절박하였다.

나는 일이 없으면 없으니만큼, 고통이 닥치면 닥치느니만큼 내 번민은 크다. 나는 어떤 날은 거의 얼빠진 사람처럼 눈을 감고 깊은 생각에 잠긴 일도 있었다. 이때 머릿속에서는 머리를 움실움실 드는 사상이 있었다.

  '오늘날에 생각하면 그것은 나의 전 운명을 결정할 사상이었다.'

  그 생각은 누구의 가르침에 의해 일어난 것도 아니려니와 일부러 일으키려고 애써서 일어난 것도 아니다. 봄 풀싹같이 내 머릿속에서 점점 머리를 들었다.

  — 나는 여태까지 세상에 대하여 충실하였다. 어디까지든지 충실하려고 하였다. 내 어머니, 내 아내까지도……, 뼈가 부서지고 고기가 찢기더라도 충실한 노력으로 살려고 하였다. 그러나 세상은 우리를 속였다. 우리의 충실을 받지 않았다. 도리어 충실한 우리를 모욕하고 멸시하고 학대하였다.

  우리는 여태까지 속아 살았다. 포악하고 허위스럽고 요사한 무리를 용납하고 옹호하는 세상인 것을 참으로 몰랐다. 우리뿐 아니라 세상의 모든 사람들도 그것을 의식하지 못하였을 것이다. 그네들은 그러한 세상의 분위기에 취하였었다. 나도 이때까지 취하였었다. 우리는 우

리로서 살아온 것이 아니라 어떤 험악한 희생자로 살아왔었다. ─

　김 군! 나는 사람들을 원망치 않는다. 그러나 마주(魔酒, 정신을 흐리게 하는 술)에 취하여 자기의 피를 짜 바치면서도 깨지 못하는 사람을 그저 볼 수 없다. 허위와 요사와 표독과 게으른 자를 옹호하고 용납하는 이 제도는 더욱 그저 둘 수 없다.

　이 분위기 속에서는 아무리 노력하여도 우리는 우리의 생의 만족을 느낄 날이 없을 것이다. 어찌하여 겨우 연명을 한다 하더라도 죽지 못하는 삶이 될 것이요, 그 영향은 자식에게까지 미칠 것이다.

　나는 이미 품속에서 빽빽 하는 어린것의 장래를 생각할 때면 애잡짤한 감정과 분함을 금할 수 없다. 내가 늘 이 상태면 ─ 그것은 거의 정한 이치다. ─ 그에게는 상당한 교양은 고사하고 다리 밑이나 남의 집 문간에 버리게 될 터이니, 아! 삶을 받을 만한 생명을 죄 없이 찌그러지게 하는 것이 어찌 애달프지 않으랴. 그렇다면 그것을 나의 죄라 할까?

김 군! 나는 더 참을 수 없었다. 나는 나부터 살리려고 한다. 이때까지는 최면술에 걸린 송장이었다. 제가 죽은 송장으로 남(식구)들을 어찌 살리랴. 그러려면 나는 나에게 최면술을 걸려는 무리를, 험악한 이 공기의 원류를 쳐부수어야 하는 것이다.

나는 이것을 인간의 생의 충동이며 확충이라고 본다. 나는 여기서 무상의 법열을 느끼려고 한다. 아니, 벌써부터 느껴진다. 이 사상이 나로 하여금 집을 탈출케 하였으며, ××단에 가입케 하였으며, 비바람 밤낮을 헤아리지 않고 벼랑 끝보다 더 험한 ×선에 서게 한 것이다.

김 군! 거듭 말한다. 나도 사람이다. 양심을 가진 사람이다. 내가 떠나는 날부터 식구들은 더욱 곤경에 들줄도 나는 안다. 자칫하면 눈 속이나 어느 구렁에서 죽는 줄도 모르게 굶어 죽을 줄도 나는 잘 안다. 그러므로 나는 이곳에서도 남의 집 행랑어멈이나 아범이며 노두에 방황하는 거지를 무심히 보지 않는다. 아! 나의 식구도 그럴 것을 생각할 때면 자연히 흐르는 눈물과 뿌직뿌직 찢기는 가슴을 덮쳐잡는다.

그러나 나는 이를 갈고 주먹을 쥔다. 눈물을 아니 흘리려고 하며 비애에 상하지 않으려고 한다. 울기에는 너무도 때가 늦었으며, 비애에 상하는 것은 우리의 박약을 너무도 표시하는 듯싶다. 어떠한 고통이든지 참고 분투하려고 한다.

김 군! 이것이 나의 탈가한 이유를 대략 적은 것이다. 나는 나의 목적을 이루기 전에는 내 식구에게 편지도 하지 않으려고 한다. 그네가 죽어도, 내가 또 죽어도……

나는 이러다가 성공 없이 죽는다 하더라도 원한이 없겠다. 이 시대, 이 민중의 의무를 이행한 까닭이다.

아아, 김 군아! 말은 다하였으나 정은 그저 가슴에 넘치누나!

2

홍염

홍염

/

겨울은 이 가난한 — 백
두산 서북편 서간도 한 귀
퉁이에 있는 이 가난한 촌

락 빼허(白河, 바이허)에도 찾아들었다. 겨울이 찾아들면
조그마한 강을 앞에 끼고 큰 산을 등진 빼허는 쓸쓸히
눈 속에 묻혀서 차디찬 좁은 하늘을 치어다보게 된다.

눈보라는 북극의 특색이라. 빼허의 겨울에도 그러한
특색이 있다. 이것이 빼허의 생령들을 괴롭게 하는 것
이다.

오늘도 눈보라가 친다.

북극의 얼음 세계나 거쳐 오는 듯한 차디찬 바람이

우 — 하고 몰려오는 때면 산봉우리와 엉성한 가지 끝
에 쌓였던 눈들이 한꺼번에 휘날려서, 이 좁은 산골은
뿌연 눈안개 속에 들게 된다. 어떤 때는 강골바람에 빙
판에 덮였던 눈이 산봉우리로 불리게 된다.

이렇게 교대적으로 산봉우리의 눈이 들로 내리고, 빙
판의 눈이 산봉우리로 올리달려서 서로 엇바뀌는 때면
그런 대로 관계치 않으나, 하늬(北風)와 강바람이 한꺼
번에 불어서 강으로부터 올리닫는 눈과 봉우리로부터
내리닫는 눈이 서로 부딪치고 어우러지게 되면, 눈보
라와 바람 소리에 빼허의 좁은 골짜기는 터질 듯한 동
요를 받는다.

등진 산과 앞으로 낀 강 사이에 게딱지처럼 끼어 있
는 것이 빼허의 촌락이다. 통틀어서 다섯 호밖에 되지
않는 집이나마 밭을 따라서 이리저리 흩어져 있다.

모두 커다란 나무를 찍어다가 우물 정(井) 자로 틀을
짜 지은 집인데 여기 사람들은 이것을 '귀틀집'이라 한
다. 지붕은 대개 조짚이요, 혹은 나무껍질로도 이었다.
그 꼴은 마치 우리 내지 — 간도서는 조선을 내지라 한
다. — 의 거름집(두엄을 넣어 두는 헛간)과 같다. 심하게
말하는 이는 도야지굴과 같다고 한다.

이것이 남부여대(男負女戴, 가난한 사람이 살 곳을 찾아 이리저리 떠돌아다니는 것)로 서간도 산골을 찾아들어서 사는 조선 사람의 집들이다. 빼허의 집들은 그러한 좋은 표본이다.

험악한 강산, 세찬 바람과 뿌연 눈보라 속에 게딱지처럼 붙어서 위태하게 침묵을 지키고 있는 그 모든 집에도 어느 때든 공도(公道, 당연한 이치)가 — 위대한 공도가 어그러지지 않으면 언제든지 꼭 한때는 따뜻한 봄볕이 지내리라. 그러나 이렇게 눈발이 날리고 바람이 우짖으면 그 어설궂은 집 속에 의지 없이 들어박힌 넋들은 자기네로도 알 수 없는 공포에 몸을 부르르 떨게 된다.

이렇게 몹시 춥고 두려운 날 아침에 문 서방은 집을 나섰다. 산산이 흐트러진 머리카락을 뿌연 상투에 휘휘 거둬 감고 수건으로 이마를 질끈 동인 위에 까맣게 그을은 대팻밥 모자를 끈 달아 썼다. 부대처럼 툭툭한 토수래(베실을 삶아서 짠 것) 바지저고리는 언제 입은 것인지 뚫어지고 흙투성이 되었는데 바람에 무겁게 흩날린다.

"문 서뱅이 발써 갔소?"

문 서방은 짚신에 들막(들메. 신이 벗어지지 않도록 끈

으로 신을 발에 동여매는 일)을 단단히 하고 마당에 내려서려다가 부르는 소리에 머리를 돌렸다. 펄쩍 문을 열면서 때가 찌덕찌덕한 늙은 얼굴을 내미는 것은 한 관청(직함)이었다.

"왜 그러시우?"

경기 말씨가 그저 남아 있는 문 서방은 한 발로 마당을 밟고 한 발로 흙마루를 밟은 채 한 관청을 보았다.

"엑, 바름두! 저, 엑, 흑……."

한 관청은 몰아치는 바람이 아츠러운지(날카로운지) 연방 흑흑 느끼면서,

"저, 일절 욕을 마오! 그게……, 엑, 워쩐 바름이 이런구! 그게 되놈(중국 사람을 낮잡아 이르는 말)인데, 부모두 모르는 되놈인데……."

하는 양은 경험 있는 늙은 사람의 말을 깊이 들으라는 어조이다.

"나는 또 무슨 말씀이라구! 아, 그놈이 이번두 그러면 그저 둔단 말이오?"

문 서방의 소리는 좀 분개하였다.

눈을 몰아치는 바람은 또 몹시 마당으로 몰아들었다. 그 판에 문 서방은 바람을 등지고 돌아서고, 한 관청의 머리는 창문 안으로 자라목처럼 움츠러들었다.

"글쎄 이 늙은 거 말을 듣소! 그놈이 제 가새비(장인)를 잘 알겠소? 흥……."

한 관청은 함경도 사투리로 뇌면서 다시 머리를 내밀었다.

"염려 마슈! 좋게 하죠."

문 서방은 더 들을 말 없다는 듯이 바람을 안고 휙 돌아섰다.

"그새 무슨 일이나 없을까?"

밭 가운데로 눈을 헤치면서 나가던 문 서방은 주춤하고 돌아다보면서 혼자 뇌었다.

눈보라 때문에 눈도 뜰 수 없거니와 지척을 분간할 수 없이 되어서 집은커녕 산도 보이지 않았다.

"그새 무슨 일이 날라구!"

그는 또 혼자 뇌고 저고리 섶을 단단히 여미면서 강가로 내려가다가 발을 돌려서 언덕길로 올라섰다. 강 얼음을 타고 가는 것이 빠르지만 바람이 심하면 빙판에서 걷기가 거북하여 언덕길을 취하였다. 하도 다니던 길이니 짐작으로 걷지 눈에 묻혀서 길이 보이지 않았다.

언덕길에 올라서니 바람은 더 심하였다. 우와 하고 가슴을 쳐서 뒤로 휘딱 자빠질 것은 고사하고, 눈발이 아츠럽게 낯을 쳐서 눈도 뜰 수 없고 숨도 바로 쉴 수 없었다. 뻣뻣하여 가는 사지에 억지로 힘을 주어 가면서 이를 악물고 두 마루턱이나 넘어서 '달리소' 강가에 이르니 가슴에서는 잔나비가 뛰노는 것 같고 등골에는 땀이 흘렀다.

그는 서리가 뿌연 수염을 씻으면서 빙판을 건너갔다. 빙판에는 개가죽 모자, 개가죽 바지에 커다란 울레(신)를 신은 중국 파리(썰매)꾼들이 기다란 채찍을 휘두르면서,

"뚜 — 어, 뚜 — 어, 딱딱."

하고 말을 몰아간다.

"꺼울리 날취?(저 조선 거지 어디 가나?)"

중국 파리꾼들은 문 서방을 보면서 욕을 하였으나 문 서방은 허둥허둥 빙판을 건너서 높다란 바위 모롱이를 지나 언덕에 올라섰다.

여기가 문 서방이 목적하고 온 달리소라는 땅이다. 이 땅 주인은 '인가'라는 중국 사람인데 그 인가는 문 서방의 사위이다.

저편 밭 가운데 굵은 나무로 울타리를 한 것이 인가의 집이다. 그 밖으로 5, 6호나 되는 게딱지 같은 귀틀집은 지팡살이(소작인)하는 조선 사람들의 집이다.

문 서방은 바위 모롱이를 돌아 언덕에 오르니 산이 서북을 가려서 바람이 좀 잠즉하여 좀 푸근한 느낌을 받았으나, 점점 인가 — 사위의 집 용마루가 보이고 울타리가 보이고 그 좌우의 같은 조선 사람의 집이 보이니, 스스로 다리가 움츠러지면서 걸음이 떠지었다.

"엑, 더러운 되놈! 되놈에게 딸 팔아먹는 놈!"

그것은 자기 스스로 한 일은 아니지만 어디선지 이런 소리가 귀청을 징징 치는 것 같은 동시에, 개기름이 번지르르하여 핏발이 올올한 눈을 흉악하게 굴리는 인가 — 사위의 꼴이 언뜩 눈앞에 떠올라서 그는 발끝을 돌릴까 말까 하고 주저거렸다. 그러다가도,

"여보, 용례(딸의 이름)가 왔소? 용례 좀 데려다 주구려!"

하고 죽어 가는 아내의 애원하던 소리가 귓가에 울려

서 다시 앞을 향하였다.

"이게 문 서뱅이! 또 딸 집을 찾아가옵느마?"

머리를 수긋하고 걷던 문 서방은 불의의 모욕이나 받은 듯이 어깨를 뚝 떨어뜨리면서 머리를 들었다. 그것은 길옆에서 도야지 우리를 치던 지팡살이꾼의 한 사람이었다.

"네! 아, 아니⋯⋯."

문 서방은 대답도 아니요, 변명도 아닌 이러한 말을 하고는 얼른얼른 인가의 집으로 향하였다. 온 동리가 모두 나서서 자기의 뒤를 비웃는 듯해서 곁눈질도 못하였다.

여기는 서북이 가려서 빼허처럼 바람이 심하지 않았다. 흐릿하나마 볕도 엷게 흘렀다.

2

"여보! 저 인가가 또 오는구려!"

가을볕이 쨍쨍한 마당에서 깨를 떨던 아내는 남편 문 서방을 보면서 근심스럽게 말하였다.

"오면 어쩌누? 와도 하는 수 없지!"

뒤줏간 앞에서 옥수수 껍질을 바르던 문 서방은 기탄 없이 말하였다.

"엑, 그 단련을 또 어찌 받겠소?"

아내의 찌푸린 낯은 스르르 흐렸다.

"참 되놈이란 오랑캐······."

"여보, 여기 왔소."

문 서방의 높은 소리를 주의 시키던 아내는 뒤줏간 저편을 보면서,

"아, 오셨소?"

하고 어색한 웃음을 웃었다.

"예, 왔소! 장구재(주인) 있소?"

지주 인가는 어설픈 웃음을 지으면서 마당에 들어서다가 뒤줏간 앞에 앉은 문 서방을 보더니,

"응, 저기 있소!"

하고 손가락질을 하면서 그 앞에 가 수캐처럼 쭈그리고 앉았다.

서천에 기운 태양은 인가의 이마에 번지르르 흘렀다.

"어디 갔다 오슈?"

문 서방은 의연히 옥수수를 바르면서 하기 싫은 말처

럼 힘없이 끄집어냈다.

"문 서방! 그래, 올에두 비들(빚을)모 가프겠소?"

인가는 문 서방 말과는 딴전을 치면서 담뱃대를 쌈지
에 넣는다.

"허허, 어제두 말했지만 글쎄 곡식이 안 된 거 어떡
하오?"

"안 되우! 안 돼! 곡시기 자르되고 모 되구 내가 아으
오? 오늘은 받아 가지구야 가겠소!"

인가는 담배를 피우면서 버티려는
수작인지 땅에 펑덩 들어앉았다.

"내년에는 꼭 갚아 드릴게 올만 참
아 주오! 장구재도 알지만 흉년이 되어서 되지두 않은
이것(곡식)을 모두 드리면 우리는 어떻게 겨울을 나라
우! 응? 자, 내년에는 꼭……, 하하."

인가를 보면서 넋 없는 웃음을 치는 문 서방의 눈에
는 애원하는 빛이 흘렀다.

"안 되우! 안 돼! 퉁퉁(모두)디 주! 모두두 많이 많이
부족이오."

"부족이 돼두 하는 수 없지. 글쎄 뻔히 보시면서 어
떡하란 말이오? 휴……."

"어째 어부소. 응, 늬듸 어째 어부소! 응, 늬듸 어째 어부소 마리해! 울리 쌀리디, 울리 소금이디, 울리 강냉이디……, 늬듸 입이 — 그는 입을 가리키면서 — 디 안 먹어? 어째 어부소, 응?"

인가는 낯빛이 거무락푸르락해서 소리를 고래고래 질렀다. 문 서방은 더 말이 나오지 않았다.

언제나 이놈의 소작인 노릇을 면하여 볼까? 경기도에서도 소작인 생활 십 년에 겨죽만 먹다가, 그것도 자유롭지 못하여 남부여대로 딸 하나 앞세우고 이 서간도로 찾아들었더니 여기서도 그네를 맞아 주는 것은 지팡살이였다.

이름만 달랐지 역시 소작인이다. 들어오던 해는 풍년이었으나 늦게 들어와서 얼마 심지 못하였고, 그 이듬해에는 흉년으로 말미암아 1년 내 꾸어 먹은 것도 있거니와 소작료도 못 갚아서 인가에게 매까지 맞고 금년으로 미뤘더니 금년에도 흉년이 졌다.

다른 사람들도 빚을 지지 않은 바가 아니로되 유독 문 서방을 조르는 것은 음흉한 인가의 가슴속에 문 서방의 딸 용례 —

금년 열일곱 ─ 가 걸린 까닭이었다.

문 서방은 벌써 그 눈치를 알아챘으나 차마 양심이 허락지 않았다. 인가의 욕심만 채우면 밭맥(1맥은 십 경, 1경은 약 천 평)이나 단단히 생겨 한평생 기탄없을 것을 모르지는 않지만, 무남독녀로 고이 기른 딸을 되놈에게 주기는 머리에 벼락이 내릴 것 같아서 죽으면 그저 굶어 죽었지 차마 할 수 없었다.

그는 그런 것 저런 것 생각할 때마다 도리어 내지 ─ 쪼들려도 나서 자란 자기 고향에서 쪼들리던 옛날이 ─ 3년 전의 그 옛날이 그리웠다. 그러나 그것도 한 꿈이었다. 그 꿈이 실현되기에는 그네의 경제적 기초가 너무나도 없었다. 빈 마음만 흐르는 구름에 부쳐서 내지로 보낼 뿐이었다.

"어째서 대답이 어부소, 응? 그래, 울리 비디디 안 가파? 창우니……, 빠피야(이놈, 껍질 벗긴다)."

인가는 담뱃대를 꽁무니에 찌르면서 일어나 앉더니 팔을 걷는다. 그것을 본 문 서방 아내는 낯빛이 파랗게 질려서 부들부들 떨면서 이편만 본다. 문 서방도 낯빛이 까맣게 죽었다.

"자, 그러면 금년 농사는 온통 드리지요."

문 서방의 목소리는 힘없이 떨렸다. 마치 종아리채를 든 초학 훈장 앞에 엎드린 어린애의 소리처럼……

"부요우(일없다)……! 퉁퉁 디……, 모모 모두 우리 가져가두 보미(옥수수) 쓰단(4석), 쌔옌(소금) 얼씨진(이십 근), 쏘미(좁쌀) 디 빠단(8석) 디 유아(있다)……. 늬디 자리 알라 있소! 그거 안 줘?"

검붉은 인가의 뺨은 성난 두꺼비 배처럼 불떡불떡하였다.

"나머지는 내년에 갚지요."

문 서방은 머리를 뚝 떨어뜨렸다.

"습마(무엇)? 창우니 빠피야!"

인가의 억센 손이 문 서방의 멱살을 잡았다. 문 서방은 가만히 받았다. 정신이 아찔하였다.

"에구! 장구재……, 흑흑……. 장구재……, 제발 살려 줍쇼! 제발 살려 주시면 뼈를 팔아서라두 갚겠습니다. 장구재, 제발!"

문 서방의 아내는 부들부들 떨면서 인가의 팔에 매달렸다. 그의 애걸하는 소리는 벌써 울음에 떨렸다.

"내 보미 워디 소금이 낼라! 아니 줬소? 아니 줬소? 어, 어째서 아니 줬소?"

인가의 주먹은 문 서방의 귓벽을 울렸다.

"아이구!"

문 서방은 땅에 쓰러졌다.

"엑, 에구…… 응응응…… 에구, 장구재! 제발 제
제……, 흑, 제발 좀 살려 줍쇼…… 응응."

쓰러지는 문 서방을 붙잡던 아내는 인가를 보면서 땅에 엎드려서 손을 비빈다.

"이 상느므 샛지(상놈의 자식)……. 늬듸 로포(아내) 워디(내가) 가져가!"

하고 인가는 문 서방을 차더니, 엎디어서 손이야 발이야 비는 문 서방의 아내의 손목을 잡아끌었다.

"늬듸 울리 집이 가! 오늘리부터 늬듸 울리 에미네(아내)!"

"장구재……, 제발……, 에이구, 응응."

"에구, 엄마!"

집 안에서 바느질하던 용례가 내달았다. 인가는 문 서방의 아내를 사정없이 끌고 자기 집으로 향한다.

"나를 잡아가라! 나를!"

쓰러졌던 문 서방은 인가의 팔을 잡았다.

"타마나(상소리)!"

하는 소리와 같이 인가의 발길은 문 서방의 불거름으로 들어갔다. 문 서방은 거꾸러졌다.

"아이구, 어머니! 왜 울 어머니를 잡아가요? 응응……, 흑."

용례는 어머니의 팔목을 잡은 중국인의 손을 물어뜯었다. 용례를 본 인가는 문 서방의 아내를 놓고 문 서방의 딸 용례를 잡았다.

"이 개새끼야! 이것 놓아…… . 응응, 흑…… . 아이구, 아버지……, 엄마!"

억센 장정 인가에게 티끌같이 끌려가는 연연한 처녀는 몸부림을 하면서 발악을 하였다.

"용례야! 아이구, 우리 용례야!"

"에이구, 응……, 너를 이 땅에 데리구 와서 개 같은 놈에게…… ."

문 서방의 내외는 허둥지둥 달려갔다.

낯빛이 파랗게 질린 흰옷 입은 사람들은 죽 나와서 섰건마는 모두 시체같이 서 있을 뿐이었다. 여편네 몇몇은 치맛자락으로 눈물을 씻었다.

의연히 제 걸음을 재촉하는 볕은 서산에 뉘엿뉘엿하였다. 앞 강으로 올라오는 찬바람은 스르르 스쳐 가는데, 석양에 돌아가는 까마귀 울음은 의지 없는 사람의 넋을 호소하는 듯 처량하였다.

"에구, 용례야! 부모를 못 만
나서 네 몸을 망치는구나! 에
구, 이놈의 돈이 우리를 죽이
는구나!"

　문 서방 내외는 그 밤을 인가의 집 울
타리 밖에서 샜다. 누구 하나 들여다보지
도 않는데 인가의 집에서 내놓은 개들은 두 내
외를 잡아먹을 듯이 짖으며 덤벼들었다.

　이리하여 용례는 영영 인가의 손에 들어갔다. 며칠 후
에 인가는 지금 문 서방이 있는 빼허에 땅날갈이(하루갈
이)나 있는 것을 문 서방에게 주어서 그리로 이사 시켰
다. 문 서방은 별별 욕과 애원을 하였으나 나중에 인가
는 자기 집 일꾼들을 불러서 억지로 몰아냈다. 이리하
여 문 서방은 차마 생목숨을 끊기 어려워서 원수가 주
는 땅을 파먹게 되었다.

　그것이 작년 가을이었다. 그 뒤로 인가는 절대 용례
를 밖으로 내보내지 않을 뿐만 아니라 그 어버이 되는
문 서방 내외에게도 보이지 않았다.

"용례는 매일 밥도 안 먹고 어머니 아버지만 부르고
운다."

하는 희미한 소식을 인가의 집에 가까이 드나드는 중국인들에게서 들을 때마다 문 서방은 가슴을 치고 그 아내는 피를 토하였다.

이리하여 문 서방의 아내는 늦은 여름부터 아주 병석에 드러누웠다. 그는 병석에서 매일 용례만 부르고 용례만 보여 달라고 졸랐다. 그래서 문 서방은 벌써 세 번이나 인가를 찾아가서 말했으나 효과가 없었다.

이번까지 가면 네 번째다. 이번은 어떻게 성사가 되는지? — 간도에 있는 중국인들은 조선 여자를 빼앗아 가든지 좋게 사가더라도 밖에 내보내지도 않고 그 부모에게까지 흔히 면회를 거절한다. 중국인은 의심이 많아서 그런다고 들었다.

3

문 서방은 울긋불긋한 채필로 '관운장'과 '장비'를 무섭게 그려 붙인 집 대문 앞에 섰다. 문밖에서 뼈다귀를 핥던 얼룩개 한 마리가 웡웡 짖으면서 달려들더니 이 구석 저 구석에서 개 무리가 우 하고 덤벼들었다. 어떤 놈은 으르렁 으르고, 어떤 놈은 꼬리를 — 빠져 있음 —

뒷다리 사이에 바싹 끼면서 금방 물듯이 송곳 같은 이빨을 악물었고, 어떤 놈은 대들었다가는 뒷걸음을 치고 뒷걸음을 쳤다가는 대들면서 산천이 무너지게 짖고, 어떤 놈은 소리도 없이 코만 실룩실룩하면서 달려들었다.

그 여러 놈들이 문 서방을 가운데 넣고 죽 돌아서서 각각 제 재주대로 날뛴다. 그렇지 않아도 지금 개 때문에 대문 밖에서 기웃거리던 문 서방은 이 사면초가를 어떻게 막으면 좋을지 몰랐다. 이러는 판에 한 마리가 휙 들어와서 문 서방의 바짓가랑이를 물었다.

"으악……, 꺼우디(개를)!"

문 서방이 소리를 치면서 돌멩이를 찾느라고 엎드리는 것을 보더니 개들은 일시에 뒤로 물러났으나 다시 덤벼들었다.

"창우니 타마나가비(상소리다)!"

안에서 개가죽 모자를 쓰고 뛰어나오는 일꾼은 기다란 호밋자루를 휘두르면서 개를 쫓았다. 개들은 몰려가면서도 몹시 짖었다.

문 서방은 수수깡이 지저분하게 널려 있는 마당을 지

나서 왼편 일꾼들이 있는 방문으로 들어갔다. 누릿하고 퀴퀴한 더운 기운이 후끈 낯을 스칠 때, 얼었던 두 눈은 뿌연 더운 안개에 스르르 흐려서 어디가 어딘지 잘 분간할 수 없었다.

"윈따야 랠라마(문 영감 오셨소)?"

캉(구들)에서 지껄이던 중국인 중에서 누군지 첫인사를 붙였다.

"에헤 랠라 장구재 유(있소)?"

문 서방은 어색한 웃음을 지었다. 얼었던 몸은 차츰 녹고 흐렸던 눈앞도 점점 밝아졌다.

"쌍캉바(구들로 올라오시오)!"

구들 위에서 나는 틱틱한 소리는 인가였다. 그는 일꾼들과 무슨 의논을 하던 판인가? 지껄이던 일꾼들은 고요히 앉아서 담배를 피우면서 호기심에 번득이는 눈을 인가와 문 서방에게 보냈다.

어느 천년에 지은 집인지, 거미줄이 얼키설키 서린 천장과 벽은 아궁이 속같이 꺼먼데, 벽에 붙여 놓은 삼국풍진도(三國風塵圖)며 춘야도리원도(春夜桃李園圖)는 이리저리 찢기고 그을었다. 그을음과 담배 연기에 싸여서 눈만 반짝반짝하는 무리들은 아귀도를 생각하게 한다.

문 서방은 무시무시한 기분에 몸을 부르르 떨었다.

"치옌바(담배 잡수시오)!"

인가는 웬일인지 서투른 대로 곧잘 하던 조선말은 하지 않고, 알아도 못 듣는 중국 말을 쓰면서 담뱃대를 문 서방 앞에 내밀었다.

"여보, 장구재! 우리 로포(아내)가 딸(용례)을 못 봐서 죽겠으니 좀 보여 주, 응?"

문 서방은 담뱃대를 받으면서 또 전처럼 애걸하였다. 인가는 이마를 찡그리면서 볼을 불렸다.

"저게(아내) 마지막 죽어 가는데 철천지한이나 풀어야 하잖겠소, 응? 한 번만 보여 주! 어서 그러우! 내가 용례를 만나면 꾀일까 봐……. 그럴 리 있소? 이렇게 된 밧자에……, 한 번만……, 낯이나……, 저 죽어 가는 제 에미 낯이나 한 번 보게 해 주! 네? 제발……."

"안 되우! 보내지 모하겠소! 우리 지비 문바께 로포(용례를 가리키는 말) 나갔소. 재미어부소."

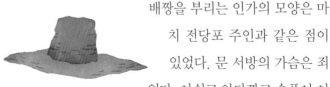

배짱을 부리는 인가의 모양은 마치 전당포 주인과 같은 점이 있었다. 문 서방의 가슴은 죄었다. 아쉽고 안타깝고 슬픔이 어우러지더니 분한 생각이 났다. 부뚜막에 놓은 낫을 들어서 인가의 배를 왁 긁어 놓고 싶었으나 아직도 행여나 하는 바람과 삶에 대한 애착심이 그 분을 제어하였다.

"그러지 말고 제발 보여 주오! 그러면 내 아내를 데리구 올까? 아니, 바람을 쏘여서는……. 엑, 죽어두 원이나 끄고 죽게, 내가 데리고 올게 낯만 슬쩍 보여 주오……. 네? 흑……, 끅……, 제발……."

이십 년 가까이 손끝에서 자기 힘으로 기른 자기 딸을 억지로 빼앗긴 것도 원통하거든 그나마 자유로 볼 수도 없이 되는 것을 생각하니……. 더구나 그 우악한 인가에게 가슴과 배를 사정없이 눌리는 연연한 딸의 버둥거리는 그림자가 눈앞에 언뜻하여 가슴이 꽉 막히고 사지가 부르르 떨리면서 주먹이 쥐어졌다. 그러나 뒤따라 병석의 아내가 떠오를 때 그의 주먹은 풀리고 머리는 숙였다.

"낼리 또 왔소 이 얘기하오! 오늘리디 울리디 일이디 푸푸디! 많이 있소!"

인가는 문 서방을 어서 가라는 듯이 자기 먼저 캉에서 내려섰다.

"제발 그리지 말구! 으흑 흑⋯⋯, 제발 단 한 번만이라도 낯만⋯⋯, 으흑흑, 응!"

문 서방은 인가를 따라 밖으로 나오면서 울었다. 등 뒤에서는 웃음소리가 들렸다. 그러나 그 웃음소리는 이때의 문 서방에게는 아무러한 자극도 주지 못하였다.

"자, 이거 적지만⋯⋯."

마당에 한참이나 서서 무엇을 생각하던 인가는 백 조짜리 관체 석 장을 문 서방의 손에 쥐였다. 문 서방은 받지 않으려고 하였다. 더러운 놈의 더러운 돈을 받지 않으려 하였다. 그러나 지금 부쳐 먹는 밭도 인가의 밭이다. 잠깐 사이 분과 설움에 어리어서 튕기던 돈은 ― 돈 힘은 굶고 헐벗은 문 서방을 누르지 않을 수 없었다. 그는 못 이기는 것처럼 삼백 조를 받아 넣고 힘없이 나오다가,

'저 속에는 용례가 있으려니!'

생각하면서 바른편에 놓인 조그마한 집을 바라볼 때 자기도 모르게 발길이 도로 돌아섰다. 마치 거기서는 용례가 울면서 자기를 부르는 것 같았다. 그러나 인가는 문 서방을 문밖에 내보내고 문을 닫아 잠갔다.

문밖에 나서니 천지가 아득하였다. 발길이 돌아서지

않았다. 사생을 다투는 아내를 생각하면 아니 가진 못할 일이고, 이 울타리 속에는 용례가 있거니 생각하면 눈길이 다시금 울타리로 갔다.

그가 바위 모롱이 빙판에 올 때까지 개들은 쫓아나와 짖었다. 그는 제 분김에 한 마리 때려잡는다고 얼른 돌멩이를 집어 들었다가, 작년 가을에 어떤 조선 사람이 어떤 중국 사람의 개를 때려죽이고 그 사람은 주인에게 총 맞아 죽은 일이 생각나서 들었던 돌멩이를 헛뿌렸다.

돌아 떨어지는 겨울 해는 어느새 강 건너 봉우리 엉성한 가지 끝에 걸렸다. 바람은 좀 자고 날씨는 맑으나 의연히 추워서 수염에는 우물가처럼 얼음보쿠지가 졌다.

4

눈옷 입은 산봉우리 나뭇가지 끝에 남았던 붉은 석양볕이 스르르 자취를 감추고 먼 동쪽 하늘가에 차디찬 연자줏빛이 싸르르 돌더니 그마저 스러지고, 쌀쌀한 하늘에 찬 별들이 내려다보게 되면서부터 어둑한 황혼 빛이 빼허의 좁은 골에 흘러들어서 게딱지 같은 집 속까지 흐리기 시작하였다.

꺼먼 서까래가 드러난 수수깡 천장에는 그은 거미줄이 흐늘흐늘 수없이 드리우고, 빈대 죽인 자리는 수묵으로 댓잎을 그린 듯이 흙벽에 빈틈이 없는데, 먼지가 수북한 구들에는 구름깔개(참나무를 엷게 밀어서 결은 자리)를 깔아 놓았다. 가마 저편 바당(부엌)에는 장작개비가 흩어져 있고 아궁이에서는 뻘건 불이 훨훨 붙는다.

뜨끈뜨끈한 부뚜막에는 문 서방의 아내가 누덕이불에 싸여 누웠고 문 앞과 윗목에는 이웃집 사람들이 모여 앉았는데, 지금 막 달리소 인가의 집에서 돌아온 문 서방은 신음하는 아내의 가슴에 손을 얹고 앉았다.

등꽂이에 켜놓은 등불은 환하게 이 실내의 이 모든 사람을 비쳤다.

"용례야! 용례! 용례야!"

고요히 누웠던 문 서방의 아내는 마지막 소리를 좀 크게 질렀다. 문 서방은 아내의 가슴을 지그시 눌렀다.

"에구, 우리 용례! 우리 용례를

데려다 주구려!"

그는 눈을 번쩍 뜨면서 몸을 흔들었다.

"여보, 왜 이러우? 용례가 지금 와요. 금방 올걸!"

어린애를 어르듯 하면서 땀내가 께저분한 아내의 얼굴을 내려다보는 문 서방의 눈은 흐렸다.

"에구, 몹쓸 놈두! 저런 거 모르는 체하는가? 음!"

윗목에 앉은 늙은 부인은 함경도 사투리로 구슬피 뇌었다.

"허, 그러게 되놈이라지! 그놈덜께 인륜이 있소?"

문 앞에 앉았던 한 관청은 받아쳤다.

"용례야! 용례야! 흥, 저기, 저기 용례가 오네!"

문 서방의 아내는 쑥 꺼진 두 눈을 모듭떠서 천장을 뚫어지게 보면서 보기에 아츠러운 웃음을 웃었다.

"어디? 아직은 안 오! 여보, 왜 이러우? 정신을 채리우, 응!"

문 서방의 목소리는 떨렸다.

"저기 엑……, 용……, 용……."

그는 눈을 더 크게 뜨고 두 뺨의 근육을 경련적으로 움직이면서 번쩍 일어났다. 문 서방은 아내의 허리를 안았다. 그는 또 정신에 착오를 일으켰는지 창문을 바라

보고 뛰어나가려고 하면서,

"용례야! 용례, 용례……, 저, 저기, 저기 용례가 있네! 용례야! 어디 가니? 용례야! 네 어디 가느냐? 으응."

고함을 치고 눈물 없는 울음을 우는 그의 눈에서는 퍼런 불빛이 번쩍하였다. 좌중은 모진 짐승의 앞에나 앉은 듯이 모두 숨을 죽이고 손을 틀었다. 문 서방은 전신의 힘을 내서 아내의 허리를 안았다.

"하하하, — 그는 이상한 소리를 내어 웃다가 다시 성을 잔뜩 내면서 — 용례! 용례가 저리로 가는구나! 으응……, 저놈이, 저놈이 웬 놈이냐?"

하면서 한참 이를 악물고 창문을 노려보더니,

"저, 저……, 이놈아! 우리 용례를 놓아라! 저 되놈이, 저 되놈이 용례를 잡아가네! 이놈, 놔라! 이놈 모가지를 빼놓을 이, 이……."

그의 눈앞에는 용례를 인가에게 빼앗기던 그때가 떠올랐는지 이를 뿍 갈면서 몸을 번쩍 일으켜 창문을 향하고 내달았다.

"여보, 정신을 차리오! 여보, 왜 이러우? 아이구, 응……."

쫓아나가면서 아내의 허리를 안아서 뒤로 끌어들이

는 문 서방의 소리는 눈물에 젖었다.

"이놈아! 이게 웬 놈이 남을 붙잡니? 응? 으윽."

그는 두 손으로 남편의 가슴을 밀다가도 달려들어서 남편의 어깨를 물어뜯으면서,

"이것 놔라! 에구, 용례야, 저게 웬 놈이……, 에구구……, 저놈이 용례를 깔고 앉네!"

하고 몸부림을 탕탕 하는 그의 눈에는 핏발이 서고 낯빛은 파랗게 질렸다.

이때 한 관청 곁에 앉았던 젊은 사람은 얼른 일어나서 문 서방을 조력하였다. 끌어들이려거니 뛰어나가려거니 하여 밀치고 당기는 판에 등꽂이가 넘어져서 등불이 펄렁 죽어버렸다. 방 안이 갑자기 깜깜하여지자 창문만 해쓱하였다.

"조심들 하라니! 엑, 불두!"

한 관청은 등대를 화로에 대고 푸푸 불면서 툭덕툭덕 하는 사람들께 주의를 시켰다. 불은 번쩍하고 켜졌다.

"우우, 쏴 — 스르륵."

문을 치는 바람 소리가 요란하였다.

"엑, 또 바람이 나는 게로군! 날쎄두 폐릅다(괴상하다)."

한 관청은 이렇게 뇌면서 등꽂이에 등을 꽂고 몸부림하는 문 서방 내외와 젊은 사람을 피하여 앉았다.

"이것 놓아 주오! 아이구, 우리 용례가 죽소! 저 흉한 되놈에게 깔려서……, 엑, 저, 저, 저……, 저것 봐라! 이놈, 네 이놈아! 에이구, 용례야! 용례야! 사람 살려 주오! ― 소리를 더욱 높여서 ― 우리 용례를 살려 주! 응으윽, 에엑 끅……."

그는 마지막으로 오장육부가 쏟아지게 소리를 지르다가 검붉은 핏덩이를 왈칵 토하면서 앞으로 거꾸러졌다.

"으윽!"

"응, 끔직두 한 게!"

하면서 여러 사람들은 거꾸러진 문 서방의 아내 앞에 모여들었다.

"여보! 여보소! 아이구, 정신 좀……."

떨려 나오는 문 서방의 소리는 절반이나 울음으로 변하였다.

거불거불하는 등불 속에 검붉은 피를 한 말이나 토하

고 쓰러진 그는 낯이 파랗게 되어서 숨결이 없었다.

"허! 잡싱(雜神)이 붙었는가? 으흠, 응! 으흠, 응! 각
황제방 심미기, 두우열로 구슬벽……."

여러 사람들과 같이 문 서방의 아내
를 부뚜막에 고요히 뉘어 놓은 한 관
청은 귀신을 쫓는 경문이라고 발음
도 바로 못하는 이십팔수(옛날 중국,
인도, 페르시아 등에서 해와 달 그리고
여러 행성들의 소재를 밝히기 위해 황도를 따
라서 천구를 스물여덟으로 구분한 것)를 줄줄줄 읽었다.

"으응응……, 흑흑……, 여, 여보!"

문 서방의 목멘 울음을 받는 그 아내는 한 관청의 서
투른 경문 소리를 듣는지 마는지 손발은 점점 식어 가
고 낯은 파랗게 질렸는데, 무엇을 보려고 애쓰던 눈만
은 멀거니 뜨고 그저 무엇인지 노리고 있다. 경문을 읽
던 한 관청은,

"엑, 인제는 늙어 가는 사람이 울기는? 우지 마오! 이
내 살아날껴!"

하고 문 서방을 나무라면서 문 서방의 아내 앞에 다
가앉더니 주머니에서 은동침 — 어느 때에 얻어둔 것인

지? ― 을 내어서 문 서방 아내의 인중을 꾹 찔렀다. 그러나 점점 식어 가는 그는 이마도 찡그리지 않았다. 다시 콧구멍에 손을 대어 보았으나 숨결은 없었다.

바람은 우우 쏴 ― 하고 문에 눈을 들이쳤다. 여러 사람은 약속이나 한 듯이 두려운 빛을 띤 눈으로 창을 바라보았다.

"으응, 에이구! 여보! 끝끝내 용례를 못 보고 죽었구려······. 잉잉······, 흑."

문 서방은 울기 시작하였다. 그 울음소리는 고요한 방 안 불빛 속에 바람 소리와 함께 처량하게 흘렀다.

"에구, 못된 놈(인가)도 있는 게!"

"에구, 참 불쌍하게두!"

"흥, 우리도 다 그 신세지!"

무시무시한 기분에 싸여서 낯빛이 푸르러 가는 여러 사람들은 각각 한마디씩 뇌었다. 그 소리는 모두 갈데없는 신세를 호소하는 듯하게 구슬프고 힘없었다.

5

문 서방의 아내가 죽던 그 이튿날 밤이었다. 그날 밤

에도 바람이 몹시 불었다. 그 바람은 강바람이어서 서북에 둘린 산 때문에 좁한(어지간한) 바람은 움쩍도 못하던 달리소까지 범하였다. 서북으로 산을 등지고 앞으로 강 건너 높은 절벽을 대하여 강골밖에 터진 데 없는 달리소는, 강바람이 들어차면 빠질 데는 없고 바람과 바람이 부딪쳐서 흔히 회오리바람이 일게 된다.

이날 밤에도 그 모양으로 달리소에는 회오리바람이 일어서, 낟가리가 날리고 지붕이 날리고 산천이 울려서 혼돈이 배판(별러서 차림)할 때 빙세계(얼음 세계)나 트는 듯한 판이라 사람은커녕 개와 도야지도 굴속에서 꿈쩍 못하였다.

밤이 썩 깊어서였다.

차디찬 별들이 총총한 하늘 아래, 우렁찬 바람에 휘날리는 눈발을 무릅쓰고 달리소 앞 강 빙판을 건너서 달리소 언덕으로 올라가는 그림자가 있다. 모진 바람이 스치는 때마다 혹은 엎드리고 혹은 우뚝 서기도 하면서 바삐 바삐 가던 그 그림자는, 게딱지 같은 지팡살이 집 근처에서부터 무엇을 꺼리는지 좌우를 슬몃슬몃 보면서 자취를 숨기고 걸음을 느리게 하여 저편으로 돌아가 인가의 집 높은 울타리 뒤로 돌아간다.

"으르릉 웡웡."

하자 어느 구석에서인지 개가 한 마리, 두 마리, 세 마리 뒤이어 나와서 짖으면서 그 그림자를 쫓아간다. 그 개 소리는 처량한 바람 소리 속에 싸여 흘러서 건너편 산을 즈르릉 즈르릉 울렸다.

"꽝! 꽝꽝."

인가의 집에서는 개 짖음에 홍우적(마적)이나 몰아오는가 믿었던지 헛총질을 네댓 방이나 하였다. 그 소리도 산천을 울렸다. 그 바람에 슬근슬근 가던 그림자는 휙 돌아서서 손에 들었던 보자기를 개 앞에 던졌다. 보자기는 터지면서 둥글둥글한 것이 우르르 쏟아졌다. 짖으면서 달려오던 개들은 짖음을 그치고 거기 모여들어서 서로 물고 뜯고 빼앗아 먹는다. 그러는 사이에 그림자는 인가의 울타리 뒤에 산같이 쌓아 놓은 보리 짚더미에 가서 성냥을 쭉 긋더니 뒷산으로 올리닫는다.

처음에는 바람 속에서 판득판득하던 불이 삽시간에 그 산 같은 보리 짚더미에 붙었다.

"훠쓰(불이야)!"

하는 고함과 같이 사람의 소리는 요란하였다. 모진 바람에 하늘하늘 일어서는 불길은 어느새 보리 짚더미를 살라 버리고 울타리를 살라 버리고 울타리 안에 있는 집에 옮았다.

"푸우 우루루루루 쏴아……."

동풍이 몹시 이는 때면 불기둥은 서편으로, 서풍이 몹시 부는 때면 불기둥은 동으로 쓸려서 모진 소리를 치고 검은 연기를 뿜다가도, 동서풍이 어울치면 축융(불의 신)의 붉은 혓발은 하늘하늘 염염히 타올라서 차디찬 별 — 억만 년 변함이 없을 듯하던 별까지 녹아내릴 것같이 검은 연기는 하늘을 덮고 붉은빛은 깜깜하던 골짜기에 차 흘러서 어둠을 기회로 모여들었던 온갖 요귀를 몰아내는 것 같다.

불을 질러 놓고 뒤 숲속에 앉아서 내려다보던 그림자 — 딸과 아내를 잃은 문 서방은,

"하하하."

시원스럽게 웃고 가슴을 만지면서 한 손으로 꽁무니에 찼던 도끼를 만져보았다.

일 동리 사람들과 인가의 집 일꾼들은 불붙은 데 모여들었으나 모두 어쩔 줄을 모르고 떠들고 덤비면서 달려가고 달려올 뿐이었다.

그러는 사이에 울타리는 물론, 울타리 속에 엉큼히 서 있던 큰 집 두 채도 반이나 타서 쓰러졌다.

이런 불속으로부터 여러 사람이 오고 가는 밭 가운데로 튀어 나가는 두 그림자가 있었다. 하나는 커다란 장정이요, 하나는 작은 여자이다. 뒷산 숲에서 이것을 보던 문 서방은 그 두 그림자를 향하고 내리뛰었다. 그는 천방지방 내리뛰었다. 독살이 잔뜩 올라서 불빛에 번쩍이는 그의 눈에는 이 두 그림자밖에는 아무것도 보이지 않았다.

"으윽, 끅."

문 서방이 여러 사람을 헤치고 두 그림자 앞에 가 섰을 때, 앞에 섰던 장정의 그림자는 땅에 거꾸러졌다. 그 때는 벌써 문 서방의 손에 쥐었던 도끼가 장정 인가의 머리에 박혔다. 도끼를 놓은 문 서방의 품에는 어린 여자의 그림자가 안겼다. 용례가……

그 바람에 모여 섰던 사람들은 혹은 허둥지둥 뛰어 버리고 혹은 뒤로 자빠져서 부르르 떨었다. 용례도 거꾸러지는 것을 안았다.

"용례야! 놀라지 마라! 나다!
아버지다! 용례야!"

문 서방은 딸을 품에 안으니
이때까지 악만 찼던 가슴이 스르
르 풀리면서 독살이 올랐던 눈에서
뜨거운 눈물이 떨어졌다. 이렇게 슬픈 중
에도 그의 마음은 기쁘고 시원하였다. 하늘과 땅을 주
어도 그 기쁨을 바꿀 것 같지 않았다.

그 기쁨! 그 기쁨은 딸을 안은 기쁨만이 아니었다. 작
다고 믿었던 자기의 힘이 철통 같은 성벽을 무너뜨리고
자기의 요구를 채울 때 사람은 무한한 기쁨과 충동을 받
는다.

불길은 — 그 붉은 불길은 의연히 모든 것을 태워버
릴 것처럼 하늘하늘 올랐다.

3

전아자

전아자

형님.

　일부러 먼먼 길에 찾아오셨던 것도 황송하온데 또 이처럼 정다운 글까지 주시니 어떻게 감격하온지 무어라 여쭐 수 없습니다. 형님은 그저 내가 형님의 말씀을 귀 밖으로 듣는 듯이 섭섭하게 여기시지만 나는 참말이지 귀 밖으로 듣지는 않았습니다. 지금도 내 눈앞에는 초연히 앉아서 수연한(걱정스러운) 빛을 띠었던 형님의 모양이 아른아른 보이고, 순순히 타이르고 민민히(딱하다) 책망하시던 것이 그저 귓속에 쟁쟁거립니다.

　"형님, 왜 올라오셨어요?"

지난여름, 형님께서 서울 오셨을 제 나는 형님을 모시고 성균관 앞 잔솔밭에 나가서 이렇게 여쭈었습니다.

"그건 왜 새삼스럽게 묻니? 너 데리러 왔다, 너 데리러."

형님의 말씀은 떨렸습니다.

"저를 데려다가는 뭘 하셔요?"

나는 이렇게 대답하면서 흐려 가는 형님의 낯을 뵙던 기억은 지금도 새롭습니다.

"뭘 하다니? 얘, 네가 실신을 했나 보다! 그래, 내가 온 것이 글렀단 말이냐?"

형님은 너무도 안타까운 듯이 가슴을 치셨습니다.

"형님, 왜 그렇게 상심하셔요? 버려두셔요. 제 하는 일을 버려두셔요."

무어라 여쭈면 좋을는지 서두를 못 차린 나는 이렇게 대답하였습니다.

"글쎄, 그게 무슨 일이냐? 응, 내가 네 하는 일을 간섭할 권리가 무어냐마는 네가 이런 일을 하는데 내가 어떻게 눈을 뜨고 보겠니? 집 떠난 일을 생각해야지? 집 떠난 일을……. 왜 내 말은 안 듣니? 네 친형이 아니라구 그러니?"

"아이구, 형님두."

나는 형님의 말씀이 그치기 전에 형님 앞에 쓰러져 울었습니다.

"네 친형이 아니라구⋯⋯."

이 말을 들을 때에 나는 어떻게 형님이 야속스러운지 알 수 없는 설움을 이기지 못하여 엉엉 울었습니다.

"그러지 말고 가자! 가서 죽식간에(죽이 되던 밥이 되던) 먹으면서 좋은 때를 기다려서 다시 올라오려무나."

"내가 말랐거든 네가 풍성풍성하거나, 네가 없거든 내가 있거나. 나는 무식한 놈이니 아무런들 상관있니마는⋯⋯."

"나두 그놈의 여편네와 애들만 아니면 너를 쫓아댕기면서 어깨가 부서지더라도 네 학비는 댈 터인데⋯⋯."

형님은 서울에 닷새 동안이나 계시는 때에 이러한 탄식을 하시면서 나를 달래고 꾸짖고 권하시다가 끝내 나를 못 데리고 내려가셨습니다.

"어서 내려가거라. 더 할 말 없구나."

형님은 떠나실 제 차에 올라간 나에게 이렇게 말씀하시고 한숨을 쉬셨습니다. 나도 아무 말 없이 있다가,

"형님, 안녕히⋯⋯."

하고 눈물이 핑그르르 돌아서 내려왔습니다. 그 뒤로 이날 이때까지 형님을 잊은 때가 없었습니다. 그런데 또 이렇게 글월을 주시고 노비까지 부쳤으니 무어라 여쭐 바를 알 수 없습니다.

'아우야, 날씨가 추워지니 네 생각이 더욱 간절쿠나! 삼각산 찬바람에 네 낯이 얼마나 텄니? 네 형수는 늘 네 이야기요, 어린 용손이는 아재씨가 언제 오느냐고 매일 묻는다.'

'이 글은 내가 부르고 용손이가 쓴다. 그 놈이 금년에 4학년인데 국문은 곧잘 쓴다. 어서 오너라. 노비 이십 원을 부치니 곧 오너라.

밥값 진 것이 있으면 내려와서 부치도록 하여라. 한꺼번에 부쳤으면 얼마나 좋겠니마는 그날그날 빌어먹는 형세라 어디 그렇게 돼야지! 이것도 용손의 저금을 찾았다. 그놈이 저금을 찾는다며 엉엉 울던 것이 네게 보낸다고 하니 제가 달려가서 찾아가지고 오는구나! 용손이 정을 생각하여 너는 오너라. 아재씨, 서울 아재씨를 기다리는 용손이는 잠을 못 잔다. 매일 부두로 마중 간다고 야단이다.'

형님, 나는 울었습니다.

"구두 고칩시오."

"구두 약칠합시오."

하고 이 골목 저 골목으로 온종일  돌아다니다가 들어온 나는 형님의 글월과 우환 이십 원을 받고 울었습니다. 더구나 순진한 가슴으로 우러나오는 용손의 따뜻한 인간성에 어찌 눈물이 없겠습니까?

그러나 고집불통인 나는 그 따뜻한 정을 못 받습니다.

형님께서 노여워하실 것보다도 아주머님께서 섭섭해 하실 것보다도 용손의 낙망을 생각하면 가슴이 쓰린 것이 아니라 뿍뿍 찢깁니다. 하지만 나는 내 길을 걸어야 할 나는 또 형님의 뜻을 거역합니다.

나는 이때까지 이러한 길을 밟게 된 동기를 형님께 말씀치 않았사오나 이번에는 말씀하겠습니다. 서울 오셨을 때에 여쭈려고 하다가 여쭙는대도 별수가 없겠기에 그만 아무 말도 없이 있었고, 이번에도 여러 번 주저거리다가 드디어 이런 생활을 하게 된 동기를 여쭙기로 작정하였습니다.

2

형님,

내가 서울 온 지도 벌써 5년이나 됩니다. 형님도 늘 말씀하시지만 집 떠나던 때의 기억은 지금도 머릿속에 있습니다. 진절머리가 나던 면소 서기를 집어치우고 나설 때에 내 맘은 여간 괴롭지 않았습니다. 그때에도 형님께서는 지금 모양으로 벌이를 쫓아서 일로절로 다니시느라고 직접 보시지 못하였으니 모르시지만 늙은 어머니를 버리고 떠난다는 것이 내게는 여간 고통이 아니었습니다.

어머니께서 나를 어떻게 기르셨습니까? 내 아버지가 돌아가신 뒤에 나 때문에 개가를 못하시고 젊으나 젊으신 청춘을 속절없이 늙히면서 당신의 모든 정력과 성의를 내 한 몸에 부으셨습니다. 내가 훈채(수업료)를 못 갚아서 글방에서 쫓겨났을 때 어머니께서는 당신 머리의 다리(덧넣어 땋은 머리)를 팔아 주셨고, 명절은 되고 옷감이 없어서 쩔쩔 헤매시다가는 당신 젊어서 지어 두셨던 비단옷을 뜯어서 내 몸을 가려 주던 기억이 지금도 떠오릅니다.

그때에는 형님께서도 고향서 농사를 지으실 때라 그런 것 저런 것 다 보실 뿐만 아니라 겨울이 되면 목도리와 장갑을 사다 주시고 여름이 되면 아주머니 낳으신 베를 갖다가 내 옷을 지어 주던 것까지 생각납니다.

"우리 어머니의 아들이 저것뿐인데."

하고 형님은 어머니를 꼭 어머니라고 부르셨습니다. 우리 어머니는 형님의 아버지의 누이니 형님께는 고모가 되시는데 형님은 '고모' 라 하지 않고 꼭 '어머니' 라고 부르셨습니다.

"저 인갑(형님 함자)이는 내 오라비의 아들이나 내 아들같이 길렀다. 너는 꼭 친형같이 모셔라. 오라비(형님 아버지)와 올케(형님 어머니)가 죽은 뒤에 우리 오라비의 댓수(대)를 이을 것은 저 인갑이 하나뿐이요, 네 아버지의 향화(향불, 제사)를 끊지 않을 것은 네 하나뿐이니 너희 둘이 친형제같이 지내어서 내가 죽은 뒤라도 의를 상치 말아라."

어머니께서도 늘 형님과 저를 불러 놓으시고 이런 훈계를 하셨습니다. 그렇듯한 어머니의 감화 속에서 자라난 나는 형님을 잊지 못할 뿐만 아니라 친형이니 친형이 아니니 하는 생각도 못하여 보았습니다. 그리고 형님의 감화도 컸습니다. 아마 우리 어머니 다음으로 나를 사랑하신 이는 형님일 것입니다.

그러다가 내가 열일곱 살 에, 즉 면소 서기로 들어가던 해에 형님은 얼마 되지 않는 밭을 수재에 잃어버리고 아주머니와 용손이와 세 식구가 고향을 떠나셨습니다. 한번 생활의 안정을 잃은 형님은 정거장과 항구 바닥과 치도판(공사장)을 쫓아다니시게 되고 나는 어머니를 모시고 고향에서 십여 원 남짓한 월급과 어머니의 바느질삯으로 근근이 지냈습니다. 이렇게 지내는 사이에 내 고통과 번민은 커졌습니다. 그리고 차츰 셈이 들면서부터 앞길이 자꾸 내다보였습니다.

늙어 가시는 어머니의 흐려 가시는 눈과 떨리는 손은 드디어 바느질 삯전을 못 얻게 하였습니다. 어머니께서 아무 수입도 못하게 된 뒤로 우리 생활은 십팔 원이 되는 내 월급에 달리게 되었습니다. 이때부터 우리는 배고픈 설움을 받게 되었습니다.

"너를 장가두 못 보내구 내가 죽겠구나."

이것이 이때 어머니의 큰 걱정이었으나 나는 그와 반대로 늙은 어머니에게 조밥이나마 배불리 대접치 못하는 것과 남들과 같이 서울로 공부 못 가는 것이 큰 고통이었습니다. 나는 그때부터 문예를 즐겨서 그 변에 뜻을 두고 공부하였습니다. 이것은 나에게 옛적 이야기를 많이 들려주신 어머니의 감화라고 믿습니다.

함께 소학교와 글방에 다니던 친구들은 어느새 서울 어느 학교를 졸업하였다는 둥 동경 어느 대학에 입학하였다는 둥 하는 소리를 들을 때마다 내 혈관의 피는 진정되지 않았습니다. 그것보다도 괴로운 것은 한때는 같은 글방에서 네냐 내냐 하던 친구들이, 고향의 학교와 군청에 혹은 교사로 혹은 군 주사나리로 부임하여 면소에 출장을 나오면 옛정은 잊어버리고 배 내미는 꼴은 차마 참을 수 없었습니다. 그래도 목구멍이 포도청으로 그놈의 것을 꿀꺽꿀꺽 참고 나면 십년감수는 되는 것 같았습니다.

밖으로는 이러한 자극을 받고 안으로는 생활에 쪼들릴 제 어찌 젊으나 젊은 내 가슴에 감정이 없겠습니까? 내게 신경쇠약이라는 소위 문명병이 있다 하면 그 원인은 이때부터 생겼을 것입니다

내가 기미운동 때에 만세를 부르지 않았다고 지금도 친구들께 미움을 받는 바이요, 형님께서도,

"왜 그런 때에 가만히 있었느냐?"

고 어느 때 말씀하셨지마는 나는 그때에도 어머니를 생각하여서 그리한 것입니다. 그때 어린 내 가슴에는 나라보다도 어머니가 컸습니다. 지금 생각하면 그때에 나도 서울에나 뛰어 올라왔다면 지금보다는 나았을는지?

그저 어머니를 생각하는 애틋한 정과 또 어머니가 말리는 정만 생각하고 그날이 그날로 별수 없는 생활을 한 것이었습니다. 그러나 사람의 맘은 고정적이 아닙디다. 유동적으로 환경을 따라서 늘 변합디다. 어머니의 명령 아래서 어머니만 생각하던 나의 맘은 점점 드티기(틈이 생기기) 시작하였습니다.

그것이 버쩍 드틴 것은 기미운동이 일어난 뒤 3년 만이니 내 나이가 스물한 살 되었을 때였습니다. 그해는 육갑으로 신유년인데, 신유년 유월 스무이튿날은 어머니의 환갑이라 이것은 형님께서도 아시는 바입니다. 그 스무이튿날은 지금도 잊히지 않습니다. 아마 그날은 어머니가 돌아가신 날과 내가 집 떠나던 날과 같이 내 눈구석에 흙이 들기 전에는 잊히지 않을 것입니다. 죽어

가서 내 혼령이 있다 하면 그 혼령에까지 그 기억은 따를 것입니다.

환갑날이 가까워 올수록 내 맘은 뿌듯하여 어깨에 무거운 짐을 지는 것 같았습니다. 벌써 눈치를 알아차리신 어머니께서는,

"얘, 내 환갑 걱정은 말아라. 금년에 못 쇠면 명년에 지내지, 그까짓 게 걱정될 것 있니? 앞이 급한데."

나를 타이르시나 내게는 그 말씀이 젊은 옛날의 영화를 돌아보시고 늘그막 신세를 탄식하시는 통곡같이 들렸습니다.

'어머니 회갑이 눈앞에 이르니 네 걱정이 클 것이다. 허나 없으면 없는 대로 지내고 정 못하게 되더라도 상심치 말아라. 고량진미를 못 드릴망정 어머니 슬하에 모여 앉아서 따뜻한 진지나 지어 드리려고 하였더니 노비도 없거니와 일전에 다리를 상하여 가지 못한다.'

형님께서도 그때에 이러한 편지와 같이 돈 3원을 부치셨지만, 나도 없으면 좋은 말씀으로 위로를 하리라 하면서도 음식을 많이 장만하고 어머니의 친구를 많이 청하여 어머니와 함께 유쾌하게 하루 동안을 지내시도록

하고 싶은 생각이 불같이 붙었습니다.

"아무개네 늙은이는 회갑도 못 쇠데! 그 아들은 뭘 하는 게야?"

이렇게 남들은 비웃는다는 말까지 들은 뒤로 나의 어깨는 더 처졌습니다. 나는 이 친구 저 친구 찾아가서 다만 얼마라도 취할까 하다가 뜻을 이루지 못하고 다시 내키지 않는 발길을 김 초시 댁으로 옮겼습니다. 김 초시는 혈혈단신으로 의지 없던 것을 우리 아버지가 보아 주셔서 부자 된, 얼마쯤은 돌려줄 터이지 하는 생각으로 간 것이었습니다.

"허, 그것 안됐네마는 나도 요새 어떻게 군졸한지 한 푼 드릴 수 없네! 그것 참 안됐는데! 우리 집에 닭이 있으니 그게나 한 마리 갖다가 고와 대접하게."

이것이 김 초시의 대답이었습니다. 큰 모욕을 받은 듯이 흥분되었습니다. 나는 뻣뻣이 앉아서 게트림을 하면서 부른 배를 슬슬 만지는 김 초시를 발길로 차놓고 싶었으나 억지로 그 충동을 참고 밖에 나서니 천지가 누런 것이 정신을 차릴 수 없었습니다.

어머니가 아시면 걱정을 하실까 봐서 나는 태연한 빛

으로 집에 돌아와서 그 밤을 새우고 이튿날, 즉 스무이튿날 아침에 형님께서 보내신 3원으로 고기와 쌀을 사서 밥을 짓고 국을 끓이고 이웃집 늙은 부인 5, 6명을 청하였습니다. 며느리 없는 어머니는 당신 손으로 짓고 끓인 밥과 국을 늙은 친구들과 같이 대하실 때에 눈물을 씻었습니다. 어머니 상머리에 앉은 나는 어머니의 눈물을 볼 때 그만 낯을 가렸습니다.

숙종대왕 시절에 어떤 효자는 아내의 머리를 깎아 팔아서 어머니의 회갑상을 차려놓고 어머니가 슬피 우는 것을 위로하기 위하여 그 아내를 시켜 춤을 추이고 자기는 노래를 부르는데, 숙종대왕이 미행을 하시다가 그 연유를 물으시고 인하여, '喪歌增舞老人哭'(상가승무노인곡, 상주는 노래하고 중은 춤추고 늙은이는 통곡한다.)이라는 과제를 내서 그 효자를 등용하셨다는 말이 지금도 전하지만, 나는 그 효자만한 정성이 없어서 그런지 나오는 설움을 참을 수 없었습니다.

아무쪼록 어머니의 맘을 편케 하리라, 슬픈 빛을 띠지 말리라 하였으나 쏟아져 나오는 눈물과 우러나오는 울음소리는 참을 수 없었습니다. 어머니께서도 억지로 설움을 참으려고 하시면서,

"울지 마라. 울긴 왜."

하고는 눈물을 씻었습니다.

이 뒤로부터 나는 나의 존재와 사회적 관계를 더욱 생각하였습니다. 적자생존(適者生存)과 자연도태설(自然淘汰說)을 그제야 절실히 느꼈습니다. 그것을 어떤 잡지에서 읽고 어떤 친구에게서 처음 들을 때는 이론상으로 그렇거니 하였다가, 공부한 친구들은 점점 올라가고 나는 점점 들어가는 그때에 절실히 느꼈습니다. 그리고 또 한 가지 생각이 일어나는 것은 불공평한 사회라는 것이었습니다.

"나도 남과 같이 적자(適者)가 되자. 자연도태를 받지 말자. 시대적 인물이 되자."

하다가는 그렇게 될 조건이 없는 것 — 적자가 될 만한 공부할 여유가 없어서, 하면 될 만한 소질을 가지고도 할 수 없는 내 처지를 돌아볼 때 나는 이 불공평한 제도를 그저 볼 수 없었습니다.

형님, 나에게 사회주의적 사상이 만일 있다고 하면 이것은 벌써 그때부터 희미하게 움이 돋쳤던 것입니다. 그러나 그때에는 그것이 사회주의 사상인지 무언지 모르고 다만 내 환경이 내게 가르친 생각이었습니다. 이렇게 일어나는 여러 가지 생각은 어
떠한 계통을 찾아서 과학적으로
되지는 못하고 다만 이러한 결론
을 나에게 주었습니다.

'소용없다. 이깟 놈의 면 서기로는 점점 타락이다. 점
점 공부하여 나은 놈들이 생길 터이니 나중은 면 하인
자리도 없을 것이다. 그렇게 되면 내 생활은 지금보다
더할 것이다. 뛰어가? 엑, 서울 뛰어가서 고학이라도 하
지? 그러나 어머니는 어찌나? 형님이나 고향에 계셨으
면……. 그렇다고 어머니를 붙들고 있으면 더할 일이
오……. 엑, 떠나지? 3, 4년이면 나도 무슨 수가 있을
것이요, 그새에 어머니가 돌아가시지는 않을 터이니 늘
그막에 고이 모시도록 지금 자리를 닦아야 할 것이다.
그새에 굶어 돌아가시면? 그래도 하는 수 없다. 그것은
내 정성이 부족한 것이 아니라 사회가 나에게 그처럼 강
박한 것이다.'

이러한 생각을 하다가는 모순이 되면 풀고 풀었다가
는 다시 생각하여서 될 수 있는 대로는 집을 떠나는 데
유리하도록 생각하던 끝에 드디어 떠나기로 결심하였
습니다. 그렇게 결심하고도 어머니가 거리끼어서 얼른

거사를 못하였습니다.

'어머니는 나의 큰 은인인 동시에 큰 적이다.'

어떤 때는 이러한 생각까지 하였습니다.

이러다가 신유년 가을 어떤 달밤이었습니다. 나는 집을 떠났습니다. 밤 열두 시 연락선으로 떠날 결심을 한 나는 맘이 뒤숭숭해서 저녁도 바로 먹지 못했습니다.

"왜 밥을 그렇게 먹니?"

아무 영문도 모르는 어머니는 내가 밥 적게 먹는 것을 걱정하셨습니다. 나는 밥 먹은 뒤에 황혼 빛이 컴컴하게 흐르던 방에 들어가서 쓸 만한 책을 모아 쌌습니다. 이렇게 책을 거둬 싸니 맘은 더욱 뒤숭숭하였습니다. 마치 다시 돌아오지 못할 전쟁 길에 오르는 군인의 맘같이 모든 것이 볼수록 아쉽고 그리워졌습니다.

나는 공연히 책상 서랍도 열어 보고 쓸데없는 휴지도 부스럭거려 보고 나중은 뒤울안까지 가보았습니다. 이렇게 하는 때에 조금도 쉴 사이 없이 눈앞에 언뜻언뜻 나타나는 것은 어머니였습니다. 평시에도 어머니를 생각하면 어머니의 친안(부모의 얼굴)이 보이지 않고 처참한 환상으로 보이던 터인데, 이날에는 더욱 그래서 차마 무어라 말씀할 수 없이 가련하고도 기구한 환상으로

나타났습니다. 나중은 어느 때 형님과 이야기를 하던 그
거지 노파의 꼴로도 되어 보입니다.

"여보, 밥 한술만 주셔요. 나는 달아난 아들을 찾아
가는 길이오."

다 해진 누더기 치마저고리를 걸친 늙으나 늙은 노파
가 이집 저집으로 다니면서 걸식하는 것을 볼 때 나는

그 늙은 어머니를 버리고 간 자식을 괘씸히 여겼습니다.

'아아, 나도 그 자식의 본을 따누나!'

그때 나는 나도 모르게 부르짖었습니다. 뒤따라 어머니의 그림자가 그 노파의 그림자와 같이 떠오를 때 나는 그만 눈을 감고 몸을 부르르 떨면서,

'아아, 어머니!'

하면서 어머니 계신 부엌방으로 갔습니다. 나는 인륜의 큰길을 어긴 듯이 두렵고도 가슴이 찌르르하여 심장이 찢기는 것 같았습니다. 그러나 부엌문 밖에 이르렀을 때에 나는 그만 발길을 멈추었습니다. 어쩐지 끓어오르던 정은 식으면서 누가 다시 뒤를 끄는 것 같았습니다. 나는 내 방에 들어가서 책보를 들고 나오면서,

"오늘 밤에는 좀 늦어서 들어오겠습니다."

하고 어머니를 보면서 마당에 내려섰습니다. 아까보다도 가슴이 더욱 울렁거리고 앞에는 별별 환상이 다 떠올라서 나는 어둑한 마당을 돌아볼 때 은근히 한숨을 쉬었습니다.

이것이 내가 내 집을 마지막 하직이던 줄이야 언제 꿈인들 꾸었겠습니까? 나는 바로 부두로 향하지 않고 공동묘지를 지나서 바닷가 세모래판으로 나갔습니다.

어느새 초열흘 달은 높이 솟았으나 퍼런 안개가 자욱이 하늘을 덮어서, 봄의 우수 달밤같이 설움에 겨운 가슴을 더욱 간질였습니다. 나는 세모래판에 앉았다 일어섰다 하면서 우숙그러한(우중충한) 달빛 아래서 고요히 소리치는 물결을 바라보았습니다.

찬바람을 맞고 달빛에 싸여서 그 물결을 볼 때 모든 감각은 스러져 버리고 나의 온몸이 바다 속에 몰려드는 것 같았습니다. 이러구러 밤이 깊어서 그 바닷가로 부두를 향하고 내려갔습니다. 때는 열한 시, 나는 십 원짜리를 내어주고 표를 살 때 등 뒤에서,

"이놈!"

하는 듯하였습니다. 다시 도적질한 돈을 남몰래 쓰는 것 같았습니다. 그 돈은 그날 면소에서 월급 받은 돈인데 모두 십팔 원이었습니다. 있는 놈의 하룻밤 술값도 못 될 것이지만 그때 우리 집에는 큰돈이라 어머니는 월급날을 손꼽아 기다리셨습니다. 그러는 어머니를 속이고 내가 노자로 쓰는 것을 생각하는 때에 어찌 맘이 편하였겠습니까?

"아이구, 애야! 네가 왜 그러니? 응, 흑 ……. 나를 버리구 가면 나는 어찌라니? 차라리 나를 이 바다에 차 넣고 가거라!"

나는 배에 오르는 때에 어머니가 이렇게 통곡을 하시면서 쫓아오시는 것 같았습니다. 이렇게 괴로운 중에도 서울을 인제 구경하나 보다 하니 뛸 듯이 기뻤습니다. 이까짓 서울이 왜 그리도 그립던지? 어째서 서울로 오고 싶던지? 오늘날 생각하면 그것도 소위 도회 중심의 문명 사상에 유인된 것이나 아니었던가 싶습니다. 내남 할 것 없이 이리하여 도회에 모여드나 봅니다.

왜 나는 농촌에서 나서 아무것도 배우지 말고 농사만 배우지 못하였던고 하는 생각도 없지 않으나 형님을 생각하면 그것도 열없는 생각으로 믿어집니다.

형님, 형님은 농사를 지을 줄 모르셔서 도회로 돌아다니게 되었습니까? 또는 도회가 그리워서 도회처를 찾아다니십니까? 형님같이 농촌을 사랑하고 형님같이 농사를 잘하시는 이는 드물 것입니다마는 땅이 없으니 노동을 따르는 것이요, 노동은 도회에 있는 것이니 하는 수 없이 도회에 모여들게 되는 것입니다. 그런대로 도회가 잘 받아 주었으면 좋으련만 직업난과 생활난은 그네들을 도로 쫓아내게 됩니다.

그러나 더 갈 데가 없는 그네들은 어찌하오리까. 여기서 차마 인간성으로는 하지 못할 가지각색의 현상이 폭발되는 것입니다. 그러나 이 폭발은 인간으로 인간의 참다운 생활을 찾으려는 현상인 것은 부인할 수 없는 것입니다

3

형님.

떠나던 날 밤에 배 속에서 어머니에게 글월을 드리고 그 이튿날 원산 내려서 기차로 서울 왔습니다. 배 속과 기차 속에서 새로운 산천을 볼 때 기쁜 듯도 하고 슬픈 듯도 하여 뒤숭숭한 맘을 금할 수 없었습니다. 더구나 언뜻언뜻 어머니의 울음소리가 귓가에 도는 것 같아서 남모르게 가슴을 쓸었습니다. 그러다가 남대문역에 내려서 전차에 오르니 모든 것이 어리둥절하였습니다. 같이 오는 친구는,

"저것이 남대문, 저것이 남산, 저
리로 가면 본정, 진고개, 예가 조선
은행."

하고 가르쳐 주는 때에 나는 호기심
이 나서 슬금슬금 보면서도 곁의 사람의 눈치를 보지 않
을 수 없었습니다.

'아, 여보, 여태껏 서울을 못 보았소?'

하고 핀잔을 주는 듯해서 일종의 모욕을 느꼈습니다.
그러나 애써 가르쳐 주는 친구를 나무란다는 것은 천부
당만부당한 일이라 그저 꿀꺽 참고 있었습니다.

서울 들어서던 날 나는 하숙을 계동 막바지 어떤 학
생 하숙에 정하였습니다. 구린내 나던 그 하숙 장맛은
지금도 혀끝에 남아 있습니다.

하루가 지나고 이틀이 지나서 차츰 서울의 내막을 보
는 때에 나는 비로소 내 상상과는 아주 딴판인 것을 발
견하였습니다. 제일 눈에 서투른 것은 할멈과 거지였습
니다.

형님.

우리 함경도에야 어디 거지가 있습니까? 또 할멈도
없는 것입니다. 그런데 서울에는 골목골목이 거지여서,

나같이 헐벗은 사람은 괜찮지만 양복 조각이나 입은 신사는 그 거지 성화에 길을 갈 수 없습니다. 그리고 할멈이라는 것은 계집 하인인데 늙은것은 '할멈'이요, 젊은 것은 '어멈'이라고 하여 꼭 하대를 합니다. 소위 자유와 평등을 주장한다는 이들도 이렇게 하인을 두고 애, 쟤, 하대를 합니다.

　나는 그것을 볼 때면 어머니 생각이 불현듯 났습니다. 우리 어머니도 헐수할수없으면 그 모양이 될 것입니다. 그런 것 저런 것 생각하는 때에 어머니가 어떻게 생각나고 또 그 할멈이 어떻게 가긍한지, 나는 할멈이 내 방에 불 때러 오는 때마다 내가 대신 때 주고 또 할멈에게 절대 반말을 쓰지 않았습니다. 이렇게 며칠을 하였더니 하숙 주인이 나를 가리켜서,

　"저게 함경도 상놈의 자식이야! 하는 수 없어, 제 버릇 개를 주겠나?"

　하고 은근히 욕을 하더라고 같이 있는 학생이 이야기를 하였습니다. 그리고 할멈도,

　"서방님, 저 부엌 불도 좀 때 주구려."

　하고 반말하는 것이 어떻게 골나던지 그날로 주인과 할멈을 불러 놓고 한바탕 굴어(그렇게 대함) 놓았습니다.

나는 지금 와서는 그것을 후회합니다. 그때 진정으로 그네를 불쌍히 여기는 생각이 내 가슴에 있었다면 나는 가만히 그 모든 모욕을 받아야 옳을 것입니다.

이렇게 해놓았더니 주인은 내게 빌려 주었던 담요를 뺏어갈 뿐만 아니라 밥값 독촉이 어떻게 심하여지는지 나중엔 내 편에서 화를 내고 야단을 친 일까지 있었습니다.

그때에 형님께도 편지로 여쭈었지만, 올라오던 해 겨울은 한 절반 죽어서 지냈습니다. 가을에 입고 온 겹옷으로 이불 없이 지내는데, 밤이면 자지 못하고 마당에 나가서 뛰어다닌 일까지 있었습니다. 몹시 추워서 몸이 조여들다가도 한바탕 뛰고 나면 후끈후끈하여졌습니다. 그것을 그때 하숙에 같이 있는 속 모르는 친구들은 위생을 한다고 비웃었습니다.

형님,

이렇게 괴로운 가운데서도,

'이미 집을 떠났으니 몸 성히 잘 있거라.'

하는 어머니의 편지와.

'어머니는 내가 모시고 있으니 너는 걱정 말고 맘대로 하여라.'

하는 형님의 글을 받으면 모든 괴로움이 스러지고 용기가 한층 났습니다. 그러나 밥값 얻을 구멍은 없고 배는 고프고 등은 시리고 — 이렇게 되니 어느 겨를에 공부를 하겠습니까? 이때 내 가슴에는 집에 있을 때보다 더 큰 고민이 일어났습니다. 고민에 고민을 쌓다가도 밖에 나서면 하늘과 땅은 진흙물을 풀어놓은 듯이 누렇게 보였습니다.

옛적에 어떤 분은 반딧불에 공부를 하고 어떤 분은 공부에 취하여 배고픈 것을 잊었다 하지만, 나는 춥고 배고픈 때면 책을 들 수 없었습니다. 그런 때마다,

'이것은 내 정성의 부족이다.'

하는 생각으로 다시 책을 들고 붓을 잡았으나 창틈으로 들어오는 바람은 뼛속에 사무치고 오장은 패인 듯이 가슴과 뱃속이 횅하여 기분이 나지 않았습니다.

이렇게 그해 겨울을 보내고 이듬해 봄에 이르러서 어떤 잡지사에 들어가서 원고도 모으고 교정도 보게 된 뒤로 생활이 좀 편하였으나, 그때는 또 일에 몰려서 공부할 여가가 없었습니다.

집에서 떠날 때에는 아무쪼록 학교에 입학하여 체계 있게 공부를 하려고 하였으나, 그것은 유한계급에 처한 이로서 할 일이요, 우리 같은 사람으로는 할 일이 아니라는 느낌을 받았습니다. 이렇게 생각한 뒤로부터 나는 여가 있는 대로 책이 손에 닥치는 대로 가리지 않고 읽었습니다마는 그것조차 자유롭지는 못하였습니다.

이리하는 새에 문인들과 사귀게 되고 소설을 써서 잡지에 실리게 되었습니다. 처음  문인을 사귀게 되고 다음 소설을 쓰게 되고, 다음 그 쓴 것이 잡지에 실리게 된 때는 참으로 기뻤습니다. 지금은 그것이 우습고 그러한 생활에 애착을 잃었지만 그 당시에는 어떻게 기쁜지 바로 대가나 되는 것 같았습니다.

그뿐만 아니라 차츰 글을 많이 쓰게 되고 문단에 출입이 잦게 되면서 여러 문인들과 같이 어떤 신문사, 어떤 잡지사의 초대를 받아서 영도사나 명월관이나 식도원 같은 데 가서 평생 못 먹던 음식상도 대하여 보고 차마 쳐다도 못 보던 기생의 웃음도 받게 되니 그만 어깨가 와짝 올라가는 것 같았습니다. 그러나 좋은 음식을 대하는 때마다 어머니 생각에 목이 메었습니다.

형님.

사람은 이리하여 허영에 뜨는 것이라고 믿습니다.

이렇게 되면서부터 나는 은근히 몸치장을 시작하였습니다. 머리도 자주 깎고 싶고 손길도 주물러 보고 옷도 깨끗하게 입으려고 하였습니다. 그러나 그 모든 요구를 채울 만한 요소인 돈이 어디서 나겠습니까. 이것도 한 번민거리가 되었으나 간간이 눈앞에 떠오르는 어머니의 낯은 그 모든 유혹을 물리치게 하였습니다.

'응, 내가 허영에 빠지나. 나는 안일을 구할 때가 아니다. 오직 목적을 향하고 모든 것을 돌보지 말아야.'

이렇게 생각하면 모든 공상이 스르르 사라지는 것 같으면서도 길에 나서면 먼저 옷에 맘이 가고, 누구를 대하면 나는 글 쓰는 사람이다 하는 맘이 일어났습니다. 모든 유혹은 좀처럼 물러가지 않았습니다. 이리하여 유혹을 배척하는 맘과 그 맘을 먹으려는 유혹은 서로 가슴속에서 괴롭게 싸웠습니다.

여쭙기 황송한 말씀이오나 이때에 나는 비로소 연애의 맛도 보았습니다. 그것은 나와 친한 김 군의 고향에서 온 여자인데, 그때 열아홉이었습니다. 그리 미인은 아니나 동그스름한 얼굴 윤곽과 어글어글한 눈길은 맘에 들었습니다.

"이이는 소설 쓰시는 변기윤씨(내 이름)."

"이이는 ××유치원에 계신 정인숙씨."

하는 김 군의 소개로 인숙이를 본 뒤로 나는 은근히 맘이 끌렸습니다. 그 뒤에 나는 김 군을 만나서,

"여보게, 그 인숙씨가 그저 서울 있나?"

하였더니,

"왜, 자네 생각 있나? 둘이 단란한 가정을 이루도록 내가 중매함세."

하고 김 군은 웃었습니다. 행이든지 불행이든지 이것이 참말이 되어 인숙이와 나 사이에는 소위 연애가 성립되었습니다. 연애란 참말 신비스러운 것이라고 믿습니다. 아무리 생각해 보아야 어떻게 해서 만났던지 그 만나던 장면은 아주 꿈같아서 무어라 말할 수 없습니다. 형님께서는 잘 모르시겠지마는 지금 청춘 남녀로서는 아마 거지반 연애의 맛을 보았을 것입니다. 그런데 물어보면 다 신비한 꿈같아서 무어라 말할 수 없다고 합니다. 그리고 지금 생각하면 쓰디쓴 그 연애가 그때에는 어찌도 달던지.

나는 그 단맛에 취하여 어쩔 줄을 몰랐습니다. 연애

에 익숙치 못한 나는 그때 거기 빠져서 헤엄칠 줄 모르는 까닭에 욕을 단단히 보았습니다.

"늙은 어머니를 버리고 나선 내게 연애가 무슨 상관이냐? 내게는 할 일이 많은데."

이렇게 하루도 몇십 번씩 생각하고 끊으려 하면서도 인숙의 웃음에 끌렸습니다. 이렇게 되면서부터 나는 모양을 더 내고 싶었습니다. 땟국이 흐르는 두루마기를 입고 어떤 세비로(양복) 신사와 가지런히 섰다가 인숙의 눈에 뜨이게 되면, 내 눈은 신사의 세비로와 내 의복에 가서 두 어깨가 축 처지고 온몸이 땅에 잦아드는 것 같은 동시에,

"아, 당신 같은 이쁜이가 이런 거지와 사랑을……."

하고 신사가 모욕이나 주는 것 같아서 더욱 불쾌하였습니다. 이러한 생각이 드는 때마다 인숙이 보기가 어떻게 열없고 부끄러운지 알 수 없었습니다. 그래서 어떤 때에는 인숙에게 그런 하정(사정)을 하였습니다.

"그까짓 돈이 다 뭐요. 정으로 살지."

내가 하정을 아뢰는 때마다 인숙이는 이렇게 말하였

습니다. 이러한 대답을 듣는 때마다 나는 행복을 느꼈고 동시에 더욱 죄송하였습니다. 그러나 인숙이가 피아노를 사들이고 비단으로 몸을 휘휘 감아서 극도의 사치를 하는 것이 내 맘에는 들지 않았습니다. 나와는 영영 타협이 될 것 같지 않았습니다. 그때는 잡지사가 쓰러져서 나의 행색은 더욱 초췌한 때이라 그런 생각이 더욱 났습니다.

참말로 내 상상은 틀리지 않았습니다. 내가 잡지사에서 나와서 두 달 되던 때 — 즉 계해년 봄이었습니다. 하루는 인숙이를 찾아가니,

"그저께 방을 옮기었는데 알 수 없어요."

하고 주인이 말하기에 의심을 품고 돌아와서 뒤숭숭한 맘을 금치 못하였습니다. 그때는 한창 밥값에 쪼들려서 원고를 팔려고 애쓴 때이라, 그 때문에 어물어물 사흘이나 보내고 나흘 되던 날 어떤 친구에게서 들으니 인숙이는 나를 소개하던 김 군과 어쩌고저쩌고해서 벌써 임신한 지 3, 4개월이나 되었다고 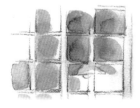 하였습니다. 나는 그 자리에서 그 연놈을 찾아 칼로 찔러놓고 싶었으나,

"일없는 생각이다. 그와 나와 영원

히 타협도 되지 않으려니와, 버리는 자를 쫓아가면 뭘 하며 죽일 권리가 어디 있나?"

하여 나의 가난한 처지를 나무라고 단념하는 동시에 비로소 여자의 심리도 보았습니다. 그리고 소위 친하던 사람의 뱃속도 알게 되었습니다.

"내게는 큰 목적이 있다. 연애에 상심할 때가 아니다."

그래도 애틋한 생각이 있는 나는 이렇게 스스로 억지의 위로를 하였습니다. 조금도 속임 없이 말씀한다면 그때에 내가 그만하고 만 것은 배가 너무도 고픈 때문이었겠습니다. 밥값 변통에 눈코를 못 뜨게 된 나는 연애지상주의자에게는 미안한 말씀이오나 거기만 모든 힘을 바치게 못 되었습니다.

그 다음부터는 원고 쓰기에 눈코를 못 떴습니다. 얼마 되지 않는 원고료나마 그때 내 생활에는 없지 못할 것이요, 또 잘잘못간에 배운 재주가 그것뿐이니 그것밖에 무엇을 하겠습니까.

나는 원고를 썼습니다. 써서는 잡지사와 신문사에 보냈습니다. 보낸 뒤에 창피한 꼴이야 어찌 일일이 말씀하오리까? 처음 써 달라는 때에는 별별 아첨을 다하여 가져가고는, 배를 툭툭 튀기면서 똥값만도 못한 원고료나마 질질 끌다가 그것도 바로 주지 않습니다. 그것을 가지고 싸울 수도 없어서 혼자 애를 태우고 혼자 분개합니다.

다소간 잘 주는 데가 없지 않았으나 그런 데는 번번이 보내기도 미안한 일이었습니다. 그것도 내 혼자면 모르지만 거개가 그 고료를 바라는 친구들이라 잡지사에선들 어찌 일일이 수응하겠습니까? 그때도 이때와 같이 잡지 경영 곤란은 막심한 때였습니다.

이렇게 순전히 어떠한 예술적 충동은 돌볼 사이가 없이 영리 본위로 쓰게 되니, 돈을 생각하는 때마다 원고를 생각하였습니다. 그래서 나오지도 않는 정을 억지로 빡빡 긁어서 질질 썼습니다. 이 고통은 여간 크지 않았습니다, 내 눈에는 번연히 못쓰겠다 보이는 것을 질질 쓰다가도 차마 양심에 그럴 수가 없어서,

"엑, 그만둬라."

하면서 붓을 던지고 원고를 찢어버린 적도 한두 번이 아닙니다. 그러다가도 내달 밥값을 생각하는 때면 울면서 겨자 먹기로 붓을 잡게 되었습니다. 쓰기는 써야 하겠고 나오지는 않고 화는 나고 하여 어떤 때는 공연히 내 머리를 잡아 뜯은 때도 많았습니다.

또 그때는 글의 잘 되고 못 된 것으로
고료를 정치 않고 페이지 수로 따
지는 때이라 산만하여 줄이고
싶은 것도 그놈의 고료가 줄까 보
아서 그대로 보냈습니다. 이리하여 점점 타락하였고 또
아무 공부도 없이 쓰니 무슨 신통한 소리가 나오겠습니
까. 그러나 그렇게 지내니 공부할 맘은 태산 같으면서
도 못하였습니다.

나중은 소위 절개까지 변하게 되었습니다. 나와 주의
주장이 다른 어떤 단체나 개인의 기관지에 절대 쓰지 않
는다던 맹세도 변하여,

"쓴다, 어디든지 쓴다, 돈만 주면 쓴다."

하게 되었습니다. 이렇게 되니 친구들에게 욕먹게 되
는 것도 물론이거니와 그래도 남아 있는 양심의 고통은
나날이 컸습니다. 어떤 잡지나 어떤 신문의 태도가 미
워도 원고 팔기 위하여 꿀꺽 참았습니다. 그 참는 고통
은 참으로 큰 것이었습니다.

나는 이때에 맘에 없는 글을 쓴 것은 물론이요, 맘에
없는 웃음도 웃어 보았습니다. 나의 작품이 상품으로 변
하는 것은 벌써부터 느낀 바이지만, 차츰 나의 태도를

반성할 때 신마찌의 매춘부(賣春婦)를 생각 아니치 못하였습니다. 누가 매춘부 되기를 소원하겠습니까마는 생활의 위협은 그녀로 하여금 그러한 구렁으로 들어가게 만듭니다. 그와 같이 나도 — 나의 예술도 매춘부가 된다는 생각을 하게 되었습니다. 생각이 이에까지만 이르고 말았으면 문제가 없겠는데, 그렇지 않고 한걸음 더 나아가서,

'그러나 그녀 — 매춘부들은 이런 것 저런 것 의식치 못하고 그렇게 되니 용서할 점이 있지만 너(나)는 그런 것 저런 것 다 의식하면서 차마 그 일을 하느냐?'

하는 생각이 머리를 쳐서 더욱 괴로웠습니다. 이렇게 곰곰이 생각하던 끝에 나는 ××주의의 행동에 크게 공명이 되었습니다. 내게 ××주의적 사상이 확연히 머리를 든 것은 이때요, 내 발길이 ××주의 단체에 드나들게 된 것도 이때입니다.

나는 처음에 2, 3일 안으로 이상적 사회나 건설할 듯이 만장기염을 토하고 다녔으나, 그것도 하루나 이틀에 될 일이 아니라는 것을 생각하는 때에 내 기염은 차차 머리를 숙였습니다. 머리 숙였다는 것은 절망이라는 것

이 아니라 먼저 모든 방법을 세워야 할 것이요, 방법을 세우는 동안의 밥은 먹어야 하리라는 생각이 머리를 친 까닭이었습니다.

　형님.

　이리하여 나는 다시 그전부터 구하던 직업을 또 구하였습니다. 여기 가 비위를 쓰고 저기 가서 비위를 부리면서 소개도 얻고 직접 말도 하여 어느 신문기자나 한자리 하여 볼까 했습니다. 그러나 어디 졸업이라는 간판과 튼튼한 배경이 없는 나는 실패에 돌아가지 않을 수 없었습니다.

　그때에도 지금과 같이 신문기자 후보자가 여간 많지 않아서, 어떤 이는 어떤 신문사와 잡지사 사장과 편집국장에게 뇌물을 산더미같이 들이는 것을 본 일이 있었습니다. 그러한 판인데 뇌물 없는 내가 어떻게 발을 붙이겠습니까? 더구나 그때나 이때나 뇌물 들일 만한 여력이 있으면 내가 먹고 있겠습니다.

　나는 이러한 꼴 — 소위 민중의 공기요, 대변자라는 한 신문사의 내막에 잠긴 추태를 볼 때 이 세상이 싫어지고 미워지고 부숴버리고 싶었습니다. 나중은 혼자 화에 신문사 잡지사의 추태를 욕하다가도,

"모두 내 잘못이다. 내게 과연 뛰어난 학식이 있다 하면 내가 애쓰기 전에 그네가 찾을 것이다. 나부터 닦자."

하고 모든 것을 나의 학식 없는 탓으로 돌렸고, 따라서 학식을 닦으려고 하였습니다. 그러나 또 문제는 학식 닦는 것입니다. 무슨 여유로 학식을 닦습니까? 이렇게 민민히(딱하게) 지내던 끝에 나는 모든 것을 버리고 농촌으로 돌아가려고 하였습니다. 그러나 농촌에 간대야 땅 한 평도 없고 농사지을 줄도 모르는 내 힘을 생각하면 그것도 공상이었습니다.

'엑, 아무데서나 똥통이라도 메지!'

이렇게까지 생각하면서도 그저 맘 한 귀퉁이에 남은 허영과 체면은 얼른 그것을 허락치 않고 행여나 하는 희망으로 다시 어느 신문사 기자로 운동하리라 하였습니다. 이렇게 어물어물하고 1년이나 지내던 판에 어머니의 흉음을 받았습니다.

형님.

지금도 그때가 잊히지 않습니다. 그것

이 작년 2월 초사흗날 아침이었습니다. 그때에도 직업 운동을 나가던 판인데.

'모주(어머님) 작고.'

라는 형님의 전보를 받았습니다. 날이 가고 가서 이렇게 되면서는 설움이 점점 커지는데, 그때에는 슬픈지 원통한지 그저 어리벙벙해서 어쩔 줄을 몰랐습니다. 멀거니 꿈꾸듯 섰다가 무심한 태도로 하숙을 나섰습니다. 지금 생각하면 그때 너무도 놀라서 온 신경이 마비가 되었던 것이라고 생각합니다. 나는 그렇게 하숙을 나서서 종로로 나가다가 차츰 정신이 들고 설움이 북받쳐 하숙에 돌아가 울었습니다.

전보 받은 이튿날 형님의 친필을 받고서는 어쩔 줄을 몰랐습니다.

'전보를 받고 얼마나 우니?

어머니는 가셨다. 어머니는 영영 가셨다. 어머니는 가시는 때에 너를 수십 번 부르셨다. 어머니가 그렇게 쉽게 가실 줄 몰랐다. 사흘 동안이나 머리가 아프시고 가슴이 울렁거리신다고 하시면서 음식을 잡숫지 않고 누워 계시다가 나흘 되던 날 아침에 갑자기 피를 토하시고 가슴을 치시면서 너를 자꾸 부르시다가 돌아가셨다.

이렇게 급히 가시게 되어서 네게 편지도 못하였다. 그럴 줄 알았다면 네게 미리 통지나 하여 임종에 뵙게 할 것을, 미련한 형은 천고의 스러지지 못할 한을 어머니와 네 가슴에 박았구나.'

나는 이러한 형님의 편지를 읽고 나서 천지가 아찔하였습니다. 온몸의 피가 모두 심장에 엉켜들어서 심장이 터지고 목구멍이 메는 듯하고, 어떻게 죄송한지 어머니의 무덤에라도 달려가서,

"어머니, 어머니, 이 불효자식을 죽여줍시오."

하고 싶었으나 그것도 못하였습니다.

어머니께서는 나 때문에 돌아가셨습니다. 이 불효지 죄인이 여북 보고 싶으셨으면 임종까지 부르셨겠습니까? 나는 차마 입이 떨어지지 않아서 이런 말씀 저런 설움을 여쭐 수 없습니다. 형님은 깊이 통촉하실 줄 믿습니다.

그 뒤로부터 세상에 대한 나의 원망은 더 커졌습니다. 내게 어찌 원망이 없겠습니까? 죽고 사는 것은 자연이라 누가 막으리요마는 그래도 이러한 변태적 사회에 나지 않았다면 왜 어머니가 그렇게 돌아가셨으며 내가 이렇게 못할 짓을 하였겠습니까?

　나는 차마 하늘이 보기 무서워서 몇 번이나 죽으려고
한강까지 갔다 오고, 칼을 빼들었다가도 이 세상이 어
찌되는 것을 보려고 그만 단념했습니다. 내가 죽으면 소
용 있습니까? 내가 죽어도 이 세상은 세상대로 있을 것
이요, 나의 지내온 사실은 사실대로 남아 있을 것입니

다. 또 내 한 몸이 없어졌다고 누가 코나 찡그리겠습니까.

"세상에는 나밖에 믿을 놈이 없다."

이때부터 나는 이러한 느낌을 절실히 받았습니다. 모두 그러한 꼴인데 언제 나의 일을 생각하겠습니까. 세상은 비웃을 줄은 알아도 건져 주고 도와줄 줄은 모릅니다. 어제는 영화를 누리다가 오늘날 똥통을 멘다고 비웃기는 하지만 도울 줄은 모릅니다. 또한 똥통을 멘다고 그 인격에 손상이 생길 리도 없는 것입니다

모두 탈을 못 벗은 까닭에 이리저리 끌리는 것입니다.

나는 이에 비로소 꽉 결심하고 이 구둣짐을 졌습니다. 갖바치 노릇을 하였습니다. 그렇게 결심하였건마는 처음 구둣짐을 지고 거리에 나서니 길가의 흙까지 비웃는 듯하였습니다. 친구들의 낯이 먼 데 보이면 슬그니 피하여졌습니다. 습관이란 참 그처럼 벗기가 어려운 것이었습니다.

"흥, 그네가 나를 비웃으면 나를 먹여 줄 테냐? 또 내가 이것(구둣짐)을 졌다고 내 인격에 흠이 생기나?"

이렇게 스스로 가다듬으면서 오늘까지 내려왔습니다. 예전날 생활과 오늘날 생활을 비교하는 때마다 나는 벌

써 왜 이런 일을 못하였던고 하는 후회가 납니다. 참 편합니다.

신사니, 양복이니, 구두니, 안경이니, 명예니 하는 것이 참으로 사람을 죽인다는 것을 절실히 느낍니다.

형님.

그러나 나의 노래를,

"구두 고칩시오! 구두 약칠합시오."

하는 갖바치의 노래를 참으로 편한 신세를 읊조리는 소리로는 듣지 마시기를 바랍니다. 동시에 내가 이러한 생활을 한다고 타락이라고도 생각지 마소서.

"언제나 너도 남과 같이 군수나 교사나……."

하시던 형님의 맘에는 퍽 못마땅하게 생각되시겠지만, 나는 그런 허위의 생활과 취한 생활은 하고 싶지 않습니다. 세상은 그것을 편하다 하지만 내게는 그것이 편한 것이 아니요, 그네들도 그것을 최대 이상으로 여기지만 그것은 아직도 배고픈 설움을 몰라서 하는 수작이라고 믿습니다.

또 나는 안일을 구할 만한 권리도 없습니다. 어머니

는 그렇게 돌아가셨는데 내가 어찌 안일을 구하겠습니까. 하루라도 살아서 하늘 보는 것까지 황송합니다마는 나는 하루라도 살기는 더 살려고 합니다.

내가 갖바치 된 것도 그 때문이니 하루라도 이 목숨을 더 늘리려고 하는 까닭입니다. 이 목숨이 하루라도 더 붙어 있으면 그만큼 이 두 눈은 이 세상이 되어 가는 꼴을 똑똑히 볼 것이요. 이 팔과 다리는 하루라도 더 싸워줄 것입니다.

형님.

이제 어머니의 원혼을 위로하고 내 원한을 풀 길은 이 밖에 없습니다. 이러므로 형님의 따뜻한 맘과 아주머니의 두터운 정과 용손의 순진한 뜻을 못 받는 것입니다. 그것을 못 받는 내 가슴은 더욱 찢깁니다.

형님은 진정으로 나를 위하시는 형님이요, 내게는 오직 형님 한 분이시라 어찌 형님의 말씀을 귀 밖으로 듣겠습니까. 형님께서는, 이제 이 옛날의 생활을 전멸하고 새 생활을 맞는 나의 전아사(隆退辭, 작별하고 새로 맞으며 하는 말)를 보시고 모든 의심을 푸실 줄 믿습니다.

④
고국

고국

큰 뜻을 품고 고국을 떠나던 운심의 그림자가 다시 조선 땅에 나타난 것은 계해년 3월 중순이었다. 처음으로 회령에 왔다. 헌 미투리에 초라한 검정 주의(두루마기), 때 아닌 복면모를 푹 눌러쓴 아래에 힘없이 끔벅이는 눈하며, 턱과 코 밑에 거칠거칠한 수염하며, 그가 5년 전 예리예리하던 운심이라고는 친한 사람도 몰랐다

간도에서 조선을 향할 때의 운심의 가슴은 고생에 몰리고 몰리면서도 무슨 기대와 희망에 찼다. 그가 두만 강 건너편에서 고국산천을 볼 때 어찌 기쁜지 뛰고 싶었다. 그러나 노수(路需, 노자)가 없어서 노동으로 결식하면서 온 그는 첫째 경제 문제를 생각지 않을 수 없다. 다음 그의 가슴을 찌르는 것은 패자(敗者)라는 부끄러운 느낌이었다.

'아, 나는 패자다. 나날이 진보하는 도회에서 활동하

는 모든 사람은 다 그새에 훌륭한 인물이 되었을 것이다. 나는 확실히 패자로구나……'

생각할 때 그는 그만 발 옮길 용기가 나지 않았다. 고국의 사람은 물론이요, 돌이며 나무며 심지어 땅에 기어 다니는 이름 모를 벌레까지도 자기를 모욕하며 비웃으며 배척할 것같이 생각난다.

그러나 이미 편 춤이니 건너갈 수밖에 없다 하였다. 그는 사동탄에서 강을 건넜다. '수직'이 순사는 어디 거지인가 하여 그를 눈도 거들떠보지 않았다. 그러나 그에게는 다행이었다.

운심은 선(기차 선로) 회령역을 지나 이제야 푸른빛을 띤 물버들이 드문드문한 조그마한 내를 건넜다. 진달래 봉오리 방긋방긋하는 오산을 바른편에 끼고 중국 사람 채마밭을 지나 동문 고개에 올라섰다. 그의 눈에는 넓은 회령 시가가 보였다. 고기비늘 같은 잇댄 기와지붕이며 사이사이 우뚝우뚝 솟은 양옥이며 거미줄같이 늘어진 전봇줄이며 푸푸 푸푸 하는 자동차, 뚜뚜 하는 기차 소리며, 이전에 듣고 본 것이건만 그의 이목을 새롭게 하였다.

운심은 여관을 찾을 생각도 없이 비스듬한 큰길로 터
벅터벅 걸었다. 어느새 해가 졌다. 전기가 켜졌다. 아직
그리 어둡지 않은 거리에 드문드문 달린 전등, 이집 저
집 유리창으로 흘러나오는 붉은 불빛, 황혼 공기에 음
파를 전하여 오는 바이올린 소리, 길에 다니는 말쑥한
사람들은 운심에게 딴 세상의 느낌을 주었다. 그의 몸
은 솜같이 휘주근하고(축 늘어지고) 등에 붙은 점심 못
먹은 배는 꼴꼴 운다.

"객주집을 찾기는 찾아야 할 터인데 돈이 있어야
지……."

그는 홀로 중얼거리면서 길 한편에 발을 멈추고 섰다.

밤은 점점 어두워 간다. 전등빛은 한층 더 밝다. 짐을
잔뜩 실은 우차가 삐걱삐걱 소리를 내면서 그의 앞을 지
나갔다. 그의 머리 위 넓고 푸른 하늘에 무수히 가물거
리는 별들은 기구한 제 신세를 엿보는 듯이 그는 생각
났다. 어디에선지 흘러오는 누릿한 음식 냄새는 그의 비
위를 팍 상하였다.

운심은 본정통에 나섰다. 손 위로 현등 아래 '회령 여
관'이라는 간판이 걸렸다. 그는 그 문 앞에 갔다. 전등

아래의 그의 낯빛은 창백하였다.

'들어갈까? 어찌면 좋을까?'

하고 그는 망설였다. 이때에 안경 쓴 젊은 사람이 정거장에 통한 길로 회령 여관 문을 향하여 들어온다. 그 뒤에 갓 쓴 이며 어린애 업은 여자며 보퉁이 지고 바가지 든 사람들이 따라 들어온다.

"어서 들어가십시오. 여관을 찾습니까?"

그 안경 쓴 자가 조그마한 보따리를 걸머지고 주저거리는 운심이를 보면서 말을 붙인다. 그러나 운심은 대답이 없었다.

"자, 갑시다. 방도 덥구 밥값도 싸지요."

운심은 아무 소리 없이 방에 들어갔다. 방은 아래위 양간이었다. 그리 크지는 않으나 그리 더럽지도 않았다. 양방에다 천장 가운데 전등이 달렸다. 벽에는 산수화가 붙이었다. 안경 쓴 자와 함께 오던 사람들도 운심이와 한방에 있게 되었다.

저녁상을 받은 운심은 밥을 먹기는 먹으면서도 밥값 치러 줄 걱정에 가슴이 답답하였다. 이를 어찌누! 밥값

을 못 주면 이런 꼴이 어디 있나! 어서 내일부터 날삯이
라도 해야지……, 하는 생각에 밥맛도 몰랐다.

　바로 3·1운동(三一運動)이 일어나던 해 봄이었다. 그
는 서간도로 갔다. 처음 그는 백두산 뒤 흑룡강가 청시
허라는 그리 크지 않은 동리에 있었다. 생전에 보지 못
하던 험한 산과 울창한 삼림과 듣지도 못하던 홍우적(마
적), 홍우적 하는 소리에 간담이 서늘하였다.
　그러나 하루 지나고 이틀 지나 차차 몇 달 되니 고향
생각도 덜 나고 무서운 마음도 덜하였다. 이리하여 이
곳서 지내는 때에 그는 산에나 물에나 들에나 먹을 것
에나 입을 것에나 조금의 부자유가 없었다. 그러한 부
자유는 없었으되 그의 심정에 닥치는 고민은 나날이 깊
었다.
　벽장골 같은 이곳에 온 후로 친한 벗의 낯은 고사하
고 편지 한 장 신문 한 장도 못 보았다. 이곳 사람들은
그의 벗이 되지 못하였다. 토민들은 운심이가 머리도 깎
고 일본말도 할 줄 아니 처음에는 탐정꾼이라고 퍽 수
군덕수군덕하였다. 산에 돌아다니면서 사냥을 일삼는
옛날 의병 찌끄러기들도 부러 운심이 보러 온 일까지 있

었다.

이곳에 사는 사람은 함경도, 평안도, 황해도 사람이 많다. 거개가 생활 곤란으로 와 있고 혹은 남의 돈 지고 도망한 자, 남의 계집 빼가지고 온 자, 순사 다니다가 횡령한 자, 노름질하다가 쫓긴 자, 살인한 자, 의병 다니던 자, 별별 흉한 것들이 모여서 군데군데 부락을 이루고, 사냥도 하며 목축도 하며 농사도 하며 불한당질도 한다. 그런 까닭에 윤리도 도덕도 교육도 없다. 힘센 자가 으뜸이요, 장수며 패왕이다. 중국 관청이 있으나 소위 경찰부장이 아편을 먹으면서 아편 장수를 잡아다 때린다.

운심은 동리 어린아이들을 모아놓고 이야기도 하고 글도 가르쳤다. 그러나 그네들은 운심의 가르침을 이해치 못하였다. 운심이는 늘 슬펐다. 유위(유능)의 청춘이 속절없이 스러져 가는 신세 되는 것이 그에게는 큰 고통이었다.

운심은 그 고통을 잊기 위하여 양양한(넓은) 강풍을 쐬면서 고기도 낚고 그림 같은 단풍 그늘에서 명상도 하며 높은 봉에 올라 소리도 쳤으나 속 깊이 잠긴 그 비애는 떠나지 않았다. 산골에 방향을 주는 뱃소리와 푸른 그늘에서 흘러나오는 유량한(맑은) 새의 노래로는 그 마음의 불만을 채우지 못하였다. 도리어 수심을 더하였다. 그는 항상 알지 못할 딴 세상을 동경하였다.

산은 단풍에 붉고 들은 황곡에 누른 그 해 가을에 운심이는 청시허를 떠났다. 땀 냄새가 물씬물씬한 여름옷을 그저 입은 그는 여름 삿갓을 쓴 채 조그마한 보따리를 짊어지고 지팡이 하나를 벗하여 떠났다. 그가 떠날 때에 그곳 사람들은 별로 섭섭하다는 표정이 없었다. 모두 문 안에 서서,

"잘 가슈."

할 뿐이었다. 다만 조석으로 글 가르쳐 준 열세 살 난 어린것 하나가,

"선생님, 짐을 벗소. 내 들고 가겠소."

하면서 청시허에서 십 리 되는 '다사허' 고개까지 와서,

"선생님, 평안히 가오. 그리고 빨리 오오."

하면서 운다. 운심이도 울었다. 애끓게 울었다. 어찌하여 울게 되었는지 운심이 자신도 의식치 못하였다. 한

참 울다가 주먹으로 눈물을 씻고 돌아서 보니 그 아이는 그저 운다. 운심이는 그 아이의 노루 꼬리만한 머리를 쓰다듬으면서,

"어서 가거라, 내가 빨리 당겨오마."

말을 마치지 못하여 그는 또 울었다. 온 세계의 고독의 비애는 자기 홀로 가진 듯하였다. 운심이는 눈을 문지르는 어린애 손을 꼭 쥐면서,

"박돌아! 어서 가거라. 내달이면 내가 온다."

"나는 아버지가 내 말만 들었으면 선생님과 가겠는데……."

하면서 또 운다. 운심이도 또 울었다. 이 두 청춘의 눈물은 영별의 눈물이었다.

물을 건너고 산을 넘어 허덕허덕 홀로 갈 때에, 돌에 부딪히며 길에 끌리는 지팡이 소리만 고요한 나무 속의 평온한 공기를 울렸다. 그의 발길은 정처가 없었다. 해지면 자고 해 뜨면 걷고, 집이 있으면 얻어먹고 없으면 굶으면서 방랑하였다. 물론 이슬에도 잠잤으며 풀뿌리도 먹었다.

이때는 한창 남북 만주에 독립단이 처처에 벌떼같이 일어나서 그 경계선을 앞뒤에 늘인 때였다. 청백한 사람으로서 정탐꾼이라고 독립군 총에 죽은 사람도 많았거니와 진정 정탐꾼도 죽은 사람이 많았다.

운심이도 그네들 손에 잡힌 바 되어 독립당 감옥에 사흘을 갇혔다가 어떤 아는 독립군의 보증으로 놓였다. 그러나 피 끓는 청춘인 운심이는 그저 있지 않았다. 독립군에 뛰어들었다. 배낭을 지고 총을 멨다. 일시는 엄벙벙한(어리둥절한) 것이 기뻤다. 그러나 날이 가고 달이 갈수록 그 군인 생활이 염증이 났다.

그리고 그는 늘 고원을 바라보고 울었다. 이상을 품고 울었다. 그 이듬해 간도 소요를 겪은 후로 독립당의 명맥이 일시 기운을 펴지 못하게 됨에 군대도 해산되다시피 사방에 흩어졌다. 운심이 있던 군대도 해산되었다. 배낭을 벗고 총을 집어던진 운심이는 여전히 표랑(떠돌다)하였다. 머리는 귀밑을 가리고 검은 낯에 수염이 거칠었다. 두 눈에는 항상 붉은 핏발이 섰다. 어떤 때에 그는 아편에 취하여 중국 사람 골방에 자빠진 적도 있었으며, 비바람을 무릅쓰고 사냥도 하였다.

그러나 이방의 괴로운 생활에 시화(詩化)되려던 그의

가슴은 가을바람에 머리 숙인 버들가지가 되고, 하늘이라도 뚫으려던 그 뜻은 이제 점점 어둑한 천인갱참(천길 구덩이)에 떨어져  들어가는 줄 모르게 떨어져 들어감을 그는 깨달았다. 그는 신세를 생각하고 울었다. 공연히 소리를 지르면서 뛰어도 다녔다.

　이 모양으로 향방 없이 표랑하다가 지금 본국으로 돌아오기는 왔다. 내가 찾아갈 곳도 없고 나를 기다려 주는 이도 없건만 나도 고국으로 돌아왔다. 알 수 없는 무엇이 나를 이리로 이끈 것이었다. 그러나 이로부터 어디로 가랴.

　운심이가 회령 오던 사흘째 되는 날이다. 회령 여관에는 도배장이 나운심(塗褙匠 羅雲深)이라는 문패가 걸렸다.

5

박돌의 죽음

1

밤은 자정이 훨씬 넘었다.

이웃의 닭 소리는 검푸른 새벽빛 속에 맑게 흐른다. 높고 푸른 하늘에 야광주를 뿌려놓은 듯이 반짝이는 별들은 고요한 대지를 향하여 무슨 묵시를 주고 있다. 나뭇잎에서는 이슬 듣는 소리가 고요하다. 여름밤이건만 새벽녘이 되니 부드럽고도 쌀쌀한 기운이 추근하게 만상(萬象)을 소리 없이 싸고돈다.

남자인지 여자인지 어둠 속에 잘 분간할 수 없는 희슥한 그림자가 동계사무소(洞契事務所) 앞 좁은 골목으로 허둥허둥 뛰어나온다.

고요한 새벽 이슬기에 추근한 땅을 울리면서 나오는

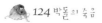

발자취는 퍽 산란하다. 콩콩 하는 음향(音響)은 여러 집 울타리를 넘고 지붕을 건너서 어둠 속으로 어둠 속으로 규칙 없이 퍼져 나간다.

어느 집 개가 몹시 짖는다. 또 다른 집 개도 컹컹 짖는다. 캥캥한 발바리 소리도 난다.

뛰어나오는 그림자는 정직상점(正直商店) 뒷골목으로 획 돌아서 내려간다. 쿵쿵쿵.

서너 집 내려와서 어둠 속에 잿빛같이 보이는 커다란 대문 앞에 딱 섰다. 헐떡이는 숨소리는 고요한 공기를 미미히 울린다. 그 그림자는 대문에 탁 실린다. 빗장과 대문이 맞찍겨서 삐걱하고는 열리지 않았다

"문으 좀 벗겨 주오."

무엇에 쫓긴 듯이 황겁한 소리는 대문 안 마당의 어둠을 뚫고 저편 푸른 하늘 아래 용마루 선(線)이 죽 그인 기와집에 부딪혔다.

"문으 좀 열어 주오."

이번에는 대문을 두드리고 밀면서 고함을 친다. 소리는 퍽 황겁하나 가늘고 쟁쟁한 것이 여자다 하는 것을 직각케 한다.

"에구, 어찌겠는구? 이 집에서 자음메? 문으 빨리 벗겨 주오."

절망한 듯이 애처로운 소리를 치면서 문을 쿵쿵 치다가는 삐쩍삐쩍 밀기도 하고, 땅에다가 배를 붙이고 대문 밑으로 기어들어 가려고도 애를 쓴다. 대문 울리는 소리는 주위의 공기를 흔들었다.

이웃집 개들은 그저 몹시 짖는다. 닭은 홰를 치고 꼬쩨요 한다.

"그게 뉘기요."

안에서 선잠 깬 여편네 소리가 들린다.

"에구, 깼구면."

엎드려서 배밀이하던 여인은 벌떡 일어나면서,

"내요, 문으 좀 벗겨 주오."

한다. 그 소리는 아까보단 좀 나직하다.

"내라는 게 뉘기오? 어째 왔소?"

안에서는 문을 벌컥 열었다. 열린 문이 벽에 부닥치는 소리가 탁하고 울타리에 반향하였다.

"초시(初試) 있소? 급한 병이 있어서 그럼메."

컴컴하던 집 안에 성냥불 빛이 거물거물하다가 힘없이 스러지는 것이 대문 틈으로 보였다. 다시 성냥불 빛

이 번득하더니 당그렁 잘랑 하는 램프 유리의 부닥치는
소리와 같이 환한 불빛이 문으로 흘러나와 검은 땅을 스
쳐 대문에 비쳤다.

　"에헴." 하는 사내의 기침 소리가 들렸다. 칙칙거리
는 어린애 울음소리가 난다. 불빛이 언뜻 하면서 문으
로, 여인이 선잠 깬 하품 소리를 "으앙" 하며 맨발로 저

벅저벅 나와서 대문 빗장을 뽑았다.

"뉘기오?"

들어오는 사람을 기웃이 본다.

"내요."

밖에 섰던 여인은 대문 안에 들어섰다.

"나는 또 뉘기라구? 어째서 남 자는 밤에 이 야단이오?"

안에서 나온 여인은 입을 씰룩하였다.

"에구, 박돌(朴乭)이 앓아서 그럼메! 초시 있소?"

밖에서 들어온 여인은 떨리는 목소리로 아첨 비슷하게, 불빛에 오른쪽 볼이 붉은 주인 여편네를 건너다본다.

"있기는 있소."

주인 여편네는 획 돌아서서 안으로 들어가더니,

"저두에 파충댁이로구마! 의원이구 약국이구 걷어치우오! 잠두 못 자게 하구!"

소리를 지른다. 캥캥한 소리는 몹시 쌀쌀하였다. 지금 온 여인은 툇마루 아래에 서서 머리를 숙였다 들면서 한숨을 휴 쉬었다.

정주(鼎廚)에서 한참 동안이나 부스럭부스럭하는 소

리가 나더니 사잇문 소리가 덜컥하면서 툇마루 놓인 방문 창에 불빛이 그득 찼다.

"에헴, 들오."

다 쉬어빠진 호박통을 두드리는 듯한 사내의 소리가 들린다. 밖에 섰던 여인은 툇마루에 올라섰다. 문을 열었다. 방에서 흘러나오는 불빛은 마루에 떨어졌다. 약 냄새는 코를 쿡 찌른다.

2

"하, 그거 안됐군. 그러나 나는 갈 수 없는데……."

몸집이 뚱뚱하고 얼굴에 기름이 번질번질한 의사(김초시)는 창문 정면에 놓인 약장에 기대앉았다.

"에구, 초시사, 그래 쓰겠소? 어서 가봐 주오."

문 앞에 황공스럽게 종그리고 앉은 여인의 사들사들한 낯에는 어색한 웃음이 떠올랐다.

"글쎄, 웬만하문사 그럴 리 있겠소마는, 어제부터 아파서 출입이라구 못하고 있소. 에헹, 에헹, 악."

의사는 입에 불었던 담뱃대를 뽑아들더니 안 나오는 기침을 억지로 끄집어내어 가래를 타구에 받는다.

"그게(박돌) 애비 없이 불쌍히 자란 게 죽어서 쓰겠소? 거저 초시께 목숨이 달렸으니 살려 주오."

의사는 땟국이 꾀죄한 여인을 힐끗 보더니,

"별말을 다 하오. 내 염라대왕이니 목숨을 쥐고 있겠소? 글쎄, 하늘이 무너진대도 못 가겠소."

하며 담배 연기를 획 내뿜고 이마를 찡기면서 천장을 쳐다본다. 흰 연기는 구름발같이 휘휘 돌아서 꺼멓게 그은 약봉지를 대롱대롱 달아놓은 천장으로 기어올라서는 다시 죽 퍼져서 방 안에 찼다. 오줌 냄새, 약 냄새에 여지없는 방 안의 공기는 매캐한 연기와 어울려서 코가 저리도록 불쾌하였다.

"제발 살려 줍시오, 네? 그 은혜는 뼈를 갈아서라도 갚아 드리오리! 네, 어서 가봐 주오."

"글쎄, 못 가겠는 거 어찌겠소? 이제 바람을 쏘이고 걷고 나면 죽게 앓겠으니, 남을 살리자다가 제 죽겠소."

"가기는 어되로 간단 말이오? 어제해르 그레, 또 밤새끈 앓구서리."

의사의 말 뒤를 이어 정주에서 주인 여편네가 캠캠거린다.

여인은 머리를 푹 숙이고 앉았더니,

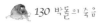

"그러문 약이라도 멧 첩 지어 주오."
한다.

"약종이 부족해서 약을 못 짓는데."

의사는 몸을 비틀면서 유들유들한 목
을 천천히 돌려서 약장을 슬근히(슬그
머니) 돌아본다.

"약값 염례는 조곰도 말고 좀 지어 주오!"

"아, 글쎄, 약종이 없는 것을 어떻게 짓는단 말이오?
자, 이거 보오."

하더니 빈 약서랍 하나를 뽑아서 방바닥에 덜걱 놓는
다.

"집에 돼지 새끼 하나 있으니 그거 모레 장에 팔아 드
릴게, 좀 지어 주오."

"하, 이 앞집 김 주사도 어제 약 지러 왔다가 못 지어
갔소."

의사는 어이없다는 듯이 입을 벌린다.

"그래, 못 져 주겠소?"

푹 꺼진 여인의 눈은 이상스럽게 의사의 낯을 쏘았다.
의사는,

"글쎄, 어떻게 짓겠소?"

하면서 여인이 보내는 시선을 피하려는 듯이 미닫이 두껍집(미닫이를 가린 것)에 붙인 산수화(山水畵)를 본다.

"에구, 내 박돌이는 죽는구나! 한심한 세상두 있는 게?"

여인의 소리는 애참하게(슬프고 비참하게) 울음에 젖었다. 때가 지덕지덕한 뺨을 스쳐 흐르는 눈물은 누더기 같은 치마에 떨어졌다.

"에, 곤하군. 아함! 어서 가보오."

의사는 하품과 기지개를 치면서 일어섰다. 여인은 눈물을 씀쪽 씻더니 벌떡 일어섰다.

"너무 한심하구먼! 돈이 없다구 너무 업시비 보지 마오. 죽는 사람을 살려 주문 어떠오? 혼자 잘 사오."

여인의 눈에는 이상한 불빛이 섬뜩하였다. 그 목소리는 싹 에는 듯이 아츠럽게(날카롭게) 들렸다. 의사는 가슴이 꿈틀하였다.

3

여인은 갔다.

한 집 건너 두 집 건너 닭 우

는 소리가 요란하다. 이웃에서 개 짖는 소리도 들렸다.

포플러 잎에서는 이슬 듣는 소리가 은은하다.

"별게 다 와서 성화를 시키네."

여인이 간 뒤에 의사는 대문을 채우고 안으로 들어오면서 중얼거렸다.

"그까짓 거렁뱅들께 약을 주구 언저게 돈을 받겠소? 아예 주지 마오."

주인 여편네는 뾰로통해서 양양거린다.

"흥, 그리게 뉘기 주나?"

의사는 방문을 닫으면서 승리나 한 듯이 콧소리를 친다.

"약만 주어 보오? 그놈의 약장, 도끼로 마사(짓찧어서 부서뜨리다)놓게."

의사의 내외는 다시 불을 끄고 자리에 누웠으나 두루 뒤숭숭하여 졸음이 오지 않았다.

4

"에구, 제마(어머니)! 에구, 배야."

박돌이는 이를 갈고 두 손으로 배를 웅크려 잡으면서

몸을 비비 틀기도 하고, 벌떡 일어나 앉았다는 다시 눕고 누웠다가는 엎드리고 하여 몸 지접할 곳을 모른다.

"에구, 내 죽겠소! 왝, 왝."

시리하고 넌들넌들한 검푸른 액(波)을 코와 입으로 토한다. 토할 때마다 그는 소름을 치고 가슴을 뜯는다. 뱃속에서는 꾸르르꿀 꾸르르꿀 하는 물소리가 쉴 새 없다. 물소리가 몹시 나다가 좀 멎는다 할 때면 싹 뿌드득 뿌드득 싹 하고 설사를 한다. 마대 조각으로 되는 대로 기워서 입은 누덕바지는 벌써 똥물에 죽이 되었다.

"에구, 어찌겠니? 의원(醫院) 놈도 안 봐 주니…… 글쎄, 이게 무슨 갑작병인구?"

어머니는 토하는 박돌의 이마를 잡고 등을 친다.

"에구, 이거 어찌겠는구? 배 아프냐?"

어머니는 핏발이 울울한 박돌의 눈을 들여다보았다. 눈이 휘둥그레서 급한 호흡을 치는 박돌이는 턱 드러누우면서 머리만 끄덕인다. 어머니는 박돌의 배를 이리저리 누르면서,

"여기냐? 어듸 여기는 아니 아프냐? 응, 여기두 아프냐?"

두서없이 거듭거듭 묻는다.

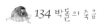

"골은 아니 아프냐? 골두 아프지?"

그는 빤한 기름불 속에 열이 끓어서 검붉게 보이는 박돌의 이마를 짚었다.

박돌이는 으흐, 으흐 하면서 머리를 꼬드기려다가 또 왝 하면서 모로 누웠다. 입과 코에서는 넌들넌들한 건물(걸쭉한 물)이 울컥 주르륵 흘렀다.

"에구! 제마! 에구, 내 죽겠소! 에구."

박돌이는 또 쏟았다. 그의 바지는 벗겼다. 꺼끌꺼끌한 거적자리 위에 누운 그의 배는 등에 착 달라붙었다. 그는 가슴을 치고 쥐어뜯고 목을 늘였다 쪼그리면서 신음한다.

"늬 죽겠구나! 응, 박돌아, 박돌아! 야, 정신을 차려라. 에구, 약 한 첩 못 써 보고 마는구나! 침(鍼)이래도 맞혀 봤으면 좋겠구나!"

박돌이는 낯빛이 검푸르면서 도끼눈을 떴다. 목에서는 담 끓는 소리가 퍽 괴롭게 들렸다.

"에구, 뒷집 생원은 어째 아니 오는지, 박돌아."

박돌이는 눈을 떴다. 호흡은 급하고 높았다.

"제마! 줄(橘, 귤)을 먹었으문."

"줄으? 에구, 줄이 어뒤 있니?"

어머니는 한숨을 쉬면서 등불을 쳐다본다. 그 눈에는
눈물이 고였다

"그러문 냉수(冷水)를 좀 주오."

"에구, 찬물을 자꾸 먹구 어찌겠니?"

"애고고고."

박돌이는 외마디 소리를 치더니 도
끼눈을 뜨면서 이를 빡 간다. 뒷집에 있는 젊은 주인이
나왔다. 어둑충충한 등불 속에서 무겁게 흐르던 께저분
한 공기는 새로 들어온 사람에게 몰려들었다. 젊은 주
인은 부엌에 선 대로 구들을 올려다보면서 이마를 찡그
렸다.

찢기고 뚫어지고 흙투성이 된 거적자리 위에서 신음
하는 박돌 모자의 그림자는 혼탁(混濁)한 공기와 뻔한
불빛 속에 유령(幽靈)같이 보였다.

"어째 의원(醫員)은 아니 보임메?"

젊은 주인은 책망 비슷하게 내뿜었다.

"김 초시더러 봐 달라니 안 옵데. 돈 없는 사람이라
구 봐 주겠소? 약두 아니 져 주던데!"

박돌 어미의 소리는 소박을 맞아 가는 젊은 여자의 한
탄같이 무엇을 저주하는 듯 떨렸다.

"뜸이나 떠 보지비?"

"그래 볼까? 어디를 어떻게 뜨믄 좋은지? 생원이 좀 떠 주겠소? 떠 주오, 내 쑥은 얻어 올게."

"아, 그것두 뜰 줄 모릅네? 숫구녕에 쑥을 비벼 놓고 불을 달믄 되지! 그런 것두 모르구 어떻게 사오?"

"떠 봤을세 알지, 내 어떻게 알겠소."

박돌 어미는 어색한 웃음을 지으면서 젊은 주인을 쳐다보았다

"체하잖았소?"

"글쎄 어쨌는둥?"

박돌 어미는 박돌이를 본다.

"어젯밤에 무스거 먹었소?"

"갱게(감자)를 삶아 먹구……, 그리구 너무도 먹구 싶어하기에 뒷집에서 버린 고등어 대가리를 삶아 먹구서는 먹은 게 없는데…….."

"응, 그게로군! 문(傷, 상한) 고등에 대가리를 먹으문 죽는대두! 그거는 무에라구 축축스럽게 갱 주워 먹소?"

젊은 주인은 입을 씰룩하였다.

"에구, 그게 그런가? 나는 몰랐지! 에구, 너무두 먹구 싶어서 먹었더니 그렇구마. 그래서 나도 골과 배가 아

프던 게로군! 그러나 나는 이내 겨워(토하여)버렸더니 일 없구면."

박돌 어미는 매를 든 노한 상전 앞에 선 어린 종같이 젊은 주인을 쳐다본다.

"우리 집에 쑥이 있으니 갖다 뜸이나 떠 주오. 에익, 축축하게 썩은 고기 대가리를 먹다니!"

젊은 주인은 뒤도 안 돌아보고 나가버린다.

"에구, 한심한 세상도 있는게! 의원만 그런 줄 알았더니 모두 그렇구나."

박돌 어미의 눈에는 또 눈물이 고였다. 가슴은 빠지지하다. 어쩌면 좋을지 앞뒤가 캄캄할 뿐이다. 온 세상의 불행은 혼자 안고 옴짝달싹할 수 없이 밑도 끝도 없는 어둑한 함정으로 점점 밀려들어가는 듯하였다.

종그리고 무릎 위에 손을 꽂고 불을 빤히 쳐다보는 그의 눈은 유리를 박은 듯이 까딱하지 않는다. 때가 꺼먼 코 아래 파랗게 질린 입술은 뜨거운 불기운을 받은 가지(茄子)처럼 초들초들하다(타들어가다). 그의 눈에는 등불이 큰 물항아리같이 보였다가는 작은 술잔같이도 보이고, 두셋이나 되었다가는 햇발같이 아래위 좌우로 실룩샐룩 퍼지기도 한다.

"응, 내 이게 잊었구나! 쑥을 가져와야지."

박돌의 괴로운 고함 소리에 비로소 자기를 의식한 박돌 어미는 번쩍 일어섰다.

5

이웃집 닭은 세 홰나 운 지 이슥하다. 먼지와 그을음에 거뭇한 창문은 푸름하더니 훤하여졌다. 벽에 걸어놓은 등불빛은 있는가 없는가 하리만치 희미하여지고 새벽빛이 어둑하던 방 안을 점점 점령한다.

박돌의 호흡은 점점 미미하여진다. 느른하던(맥이 풀린) 수족은 점점 꼿꼿하며 차다. 피부를 들먹거리던 맥박은 식어 가는 열과 같이 점점 사라져버렸다. 이제는 구토도 멎고 설사도 멎었다. 몹시 붉던 낯은 창백하여졌다.

"으응, 끽!"

숫구멍에 놓은 뜸쑥이 타들어서 머리카락과 살 타는 소리가 뿌지직뿌지직할 때마다 꼼짝 않고 늘어졌던 박돌이는 힘없이 감았던 눈을 떠서 애원스럽게 어머니를

처다보면서 괴로운 신음 소리를 친다. 그때마다 목에서
몹시 끓던 담 소리는 잠깐 끊어졌다가 다시 그르렁그르
렁한다.

　박돌의 호흡은 각일각 미미하다. 따라서 목에서 끓는
담 소리도 점점 가늘어진다.

　"꺽."

박돌이는 폐기(딸꾹질) 한 번을 하였다. 따라서 목에서 뚝 하는 소리가 났다. 박돌이는 소리 없이 눈을 획 흡떴다. 두 눈의 검은자위는 곤줄을 서고 흰자위만 보였다. 그의 낯빛은 핼끔하고 푸르다.

"바, 바……, 박돌아! 야, 박돌아! 에구, 박돌아!"

어머니는 박돌의 낯을 들여다보면서 싸늘한 박돌의 가슴을 흔들었다.

"야, 박돌아, 박돌아, 박돌아! 이게 어쩐 일이냐? 으응, 흑흑, 꺽꺽."

박돌 어미는 울면서 박돌의 가슴에 쓰러졌다.

밖에서 가고 오는 사람의 자취가 들렌다. 개 짖는 소리, 닭 우는 소리, 새의 지절거리는 소리가 요란하다.

6

붉은 아침볕은 뚫어지고 찢기고 그을린 창문에 따뜻이 비쳤다.

서까래가 보이는 천장에는 까맣게 그을린 거미줄이 얼키설키 서리고 넌들넌들 달렸다. 떨어지고 오리고, 손가락 자리, 빈대 피로 장식된 벽에는 누더기가 힘없이

축 걸렸다. 앵앵하는 파리 떼
는 그 누더기에 몰려들어서
무엇을 부지런히 빨고 있다.

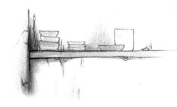

문으로 들어서서 바로 보이
는 벽에는 노끈으로 얽어 달아매놓은 시렁이 있다. 시
렁 위에는 금 간 사기 사발과 이 빠진 질대접 몇 개가
놓였다. 거기도 파리 떼가 웅성거린다. 부엌에는 마른
쥐똥, 짚 부스러기, 흙구덩이에서 주워온 듯한 나뭇개
비가 지저분하다.

뚜껑 없는 솥에는 국인지 죽인지 글어서(되직하여) 누
릿한 위에 파리 떼가 어찌나 욱실거리는지 물 담아놓은
파리통 같다.

먼지가 풀썩풀썩 이는 구들, 거적자리 위에 박돌이는
고요히 누웠다. 쥐마당같이 때가 지덕지덕한 그 낯은 무
쇠 빛같이 검푸르다. 감은 두 눈은 푹 꺼졌다. 삐쭉하게
벌어진 입술 속에 꼭 아문 누릿한 이빨이 보인다. 그의
몸에는 누더기가 걸치었다. 곁에 앉은 그 어머니는 가
슴을 치면서 큰 소리 없이 쩍쩍 흑흑 느껴 울다가도, 박
돌의 낯에 뺨을 대고는 울고 가슴에 손을 넣어보곤 한
다. 그러나 박돌이는 고요히 누웠다.

"흑흑, 바, 바……, 박돌아! 에고, 내 박돌아! 너는 죽었구나! 약 한 첩, 침 한 대 못 맞아 보고 너는 죽었구나! 에구, 하느님도 무정하지, 원통해서 꺽꺽 흑흑, 글쎄 무슨 명이 그리두 짜르냐? 에구!"

그는 박돌의 가슴에 푹 엎드렸다. 박돌의 몸과 그의 머리에 모여 앉았던 파리 떼는 우와 하고 날아가다가 다시 모여 앉는다.

"애비 없이 온갖 설움을 다 맡아가지고 자라다가 열두 살이나 먹구서, 에구."

머리를 들고 박돌의 푸른 낯을 들여다보며,

"박돌아, 야, 박돌아."

부르다가 다시 쓰러지면서,

"먹고 싶은 것도 못 먹고 입고 싶은 것도 못 입고 항상 배를 곯다가……, 좋은 세상 못 보고 죽다니? 휴! 제마! 제마! 나도 핵교(學校)를 갔으문, 하는 것도 이놈의 입이 원수 돼서 못 보내고! 흑흑."

그는 벌떡 일어앉았다.

"에구, 하느님도 무정하지. 내 박돌이를, 내 외독자를 왜 벌써 잡아갔누? 나는 남에게 못할 짓 한 일도 없건마는."

그는 또 박돌이를 본다.

"박돌아! 에구, 줄(귤)을 먹었으면 하는 것도 못 멕였구나. 이렇게 될 줄 알았드면 돼지 새끼 하나 있는 거라도 주고 먹고 싶다는 거나 갖다줄 걸, 공연히 부들부들 떨었구나! 애비 어미를 잘못 만나서 그렇게 됐구나."

어제까지 눈앞에 서물거리던 아들이 죽다니? 거짓말 같기도 하고 꿈속 같기도 하다.

"제마." 부르면서 툭툭 털고 일어나는 듯하다. 그는 기다리던 사람의 발자취를 들은 듯이 머리를 번쩍 들었다. 그러나 그 눈앞에는 아무도 없고 다만 액색히 죽어 누운 박돌이가 보일 뿐이다.

"박돌아!"

그는 자는 애를 부르듯이 소리쳤다. 박돌이는 고요하다. 아아, 참말이다. 죽었다. 저것을 흙속에 넣어? 이렇게 다시 생각할 때 또 눈물이 쏟아지고 천지가 아득하였다. 자기가 발붙이고 잡았던 모든 희망의 줄은 툭 끊어졌다. 더 바랄 것 없다 하였다.

그는 박돌의 뺨에 뺨을 비비면서 박돌의 가슴을 안고 쓰러졌다. 그의 가슴에는 엉클겅클한 연 덩어리(납덩이)가 팍팍 쑤심질하는 듯하고 목구멍에서는 겻불내가 팽팽 돈다. 소리를 버럭버럭 가슴이 툭 터지도록 지르면서 물이든지 불이든지 헤아리지 않고 엄벙덤벙 날뛰었으면 속이 시원할 것 같다. 목구멍을 먼지가 풀썩풀썩하는 흙덩어리로 꽉꽉 틀어막아서 숨 쉴 틈 없는 통 속에다가 온몸을 집어넣고 꽉 누르는 듯이 안타깝고 갑갑하여 울래야 소리가 나지 않는다.

가슴이 뭉클하고 뿌지지하더니 목구멍에서 비린 냄새가 왈각 코를 찌를 때, 그는 왝 하면서 어깨를 으쓱하였다. 그의 입에서는 검붉은 선지피가 울컥 나왔다. 그는 쇠말뚝을 꽉 겯는 듯한 가슴을 부둥키고 까무러쳤다.

문구멍으로 흘러드는 붉은 볕은 두 사람의 몸 위에 똥그란 인을 쳤다. 뿌연 먼지가 누런 햇발 속에 서리서리 떠오른다. 파리 떼는 더욱 웅성거린다.

7

"제마! 애고! 아야! 내 제마!"
하는 소리에 박돌 어미는 머리를 번쩍 들었다. 문을

내다보는 그의 두 눈은 유난히 번득였다.

이때 그의 눈 속에는 보이는 것이 있었다.

낮인가? 밤인가? 밤 같기는 한데 어둡지 않고 낮 같기는 한데 볕이 없는 음침한 곳이다. 바람은 분다 하나 나뭇가지는 떨리지 않고 비는 온다 하나 빗소리는커녕 빗발도 보이지 않는 흐리마리한 빗속이다. 살이 피둥피둥하고 얼굴이 검붉은 자가 박돌의 목을 매어 끌고 험한 가시밭 속으로 달아난다.

"애고! 애고곡! 제, 제마! 제마."

박돌의 몸은 돌에 부딪치고 가시에 찢겨서 온몸이 피투성이가 되었다. 피투성이 속으로 울려 나오는 박돌의 신음 소리는 째릿째릿하게 들렸다.

"응."

박돌 어미는 몸을 부르르 떨었다. 그는 머리를 번쩍 들었다. 부릅뜬 두 눈에서는 이상스러운 빛이 창문을 냅다 쏜다. 그는 돼지를 보고 으르는 개처럼 이를 악물고 번쩍 일어서더니 창문을 냅다 차고 밖으로 뛰어나갔다.

먼지가 뿌연 그의 머리카락은 터부룩하여 머리를 흔드는 대로 산산이 흩날린다. 입과 코에는 피 흘린 흔적이 임리(흥건)하고 저고리와 치마 앞은 피투성이가 되었다.

"야, 이놈아, 내 박돌이를 내놔라! 에구, 박돌아! 박돌아! 야, 이 놈으 새끼야, 우리 박돌이를 내놔라!"

그는 무엇을 뚫어지도록 눈이 퀭해 보면서 허둥지둥 뛰어간다.

"야, 이놈아! 저놈이 저기를 가는구나."

그는 동계사무소 앞 골목으로 내뛰더니 바른편으로 획 돌아 정직상점 뒷골목으로 내리뛰면서 손뼉을 짝짝 친다. 산란한 머리카락은 휘휘 날린다.

"에구, 저게 웬일이냐?"

"박돌 어미가 미쳤네."

"저게 웬 에미넨(여편네)구."

길에 있던 사람들은 눈이 둥그레 피하면서 한마디씩 한다. 웬 개 한 마리는 짖으면서 박돌 어미 뒤를 쫓아간다.

"이놈아! 저놈이 내 박돌이를 끌고 어듸를 가늬? 응, 이놈아."

뛰어가는 박돌 어미는 소리를 치면서 이를 간다. 도끼눈을 뜨는 두 눈에는 이상스러운 빛이 허공을 쏘았다. 그 모양을 보는 사람은 누구나 소름을 치고 물러선다.

"이놈아! 이놈아! 거기 놔라. 저놈이 내 박돌이를 불속에 집어넣네. 에구구, 끔찍도 해라…… 에구, 박돌아!"

"응, 박돌아, 그 돌[石]을 쥐어라! 꼭 붙들어라."

박돌 어미는 이를 빡빡 갈면서 서너 집 지나 내려오다가 커다란 대문 단 기와집으로 쑥 들이뛴다. 그 대문에는 김병원 진찰소(金丙元診察所)라는 팔분(八分, 글씨체의 하나)으로 쓴 간판이 붙었다.

"저놈이 저 방으로 들어가지? 이놈! 네 죽어 봐라, 가문 어디로 가겠늬! 이놈아, 내 박돌이를 어쨌늬? 내놔라! 내 박돌이를 내놔라! 글쎄 내 박돌이를 어쨌늬?"

두 눈에 불이 휑한 박돌 어미는 툇마루 놓인 방 미닫이를 차고 뛰어들어가서 그 집 주인 김 초시의 멱살을 잡았다. 멱살을 잡힌 김 초시는 눈이 둥그레져서,

"이, 이, 이게 무슨 일이야?"

하며 황겁하여 윗방으로 들이뛰려고 한다.

"이놈아! 네가 시방 우리 박돌이를 끌어다가 불속에 넣었지? 박돌이를 내놔라! 박돌아!"

날카롭고 처량한 그 소리에 주위의 공기는 싹싹 에어

지는 듯하였다.

"아……, 아, 박돌이를 내 가졌느냐? 웬일이냐?"

박돌이란 소리에 김 초시 가슴은 뜨끔하였다. 김 초시는 벌벌 떨면서 박돌 어미 손에서 몸을 빼려고 애를 쓴다. 두 몸은 이리 밀리며 저리 쓰러져서 서투른 씨름꾼의 씨름 같다.

약장은 넘어지고 요강은 엎질러졌다. 우시시한(어지럽게 흩어진) 초약(약초)과 넌들넌들한 가래며 오줌이 한데 범벅이 되어서 돗자리에 흩어졌다.

"야, 이년아! 이 더러운 년아! 남의 집에 왜 와서 이 야단이냐?"

얼굴에 독살이 잔뜩 나서 박돌 어미에게로 달려들던 주인 여편네는 피 흔적이 임리한 박돌 어미의 입과 퀭한 그 눈을 보더니,

"에구, 저 에미네 미쳤는가."

하면서 뒤로 주춤한다.

김 초시의 멱살을 잔뜩 부여잡은 박돌 어미는 이를 야금야금하면서 주인 여편네를 노려본다.

주인 여편네는 뛰어다니면서 구원을 청하였다.

김 초시 집 마당에는 어린애 어른 할 것 없이 모여들

었다. 그러나 모두 박돌 어미의 꼴을 보고는 얼른 대들지 못한다.

"응, 이놈아!"

박돌 어미는 김 초시의 상투를 휘어잡으며 그의 낯에 입을 대었다.

"에구! 사람이 죽소!"

방바닥에 덜컥 자빠지면서 부르짖는 김 초시의 소리는 처량히 울렸다.

사내 몇 사람은 방으로 뛰어들어간다.

"이놈아! 내 박돌이를 불에 넣었으니 네 고기를 내가 씹겠다."

박돌 어미는 김 초시의 가슴을 타고 앉아서 그의 낯을 물어뜯는다. 코, 입, 귀, 검붉은 피는 두 사람의 온몸에 발렸다.

"어째 저럼메?"

"모르겠소."

밖에 선 사람들은 서로 의아해서 묻는다. 모든 사람은 일종 엷은 공포에 떨었다.

"그까짓 놈(김 초시), 죽어도 싸지! 못할 짓도 하더니."

이렇게 혼잣말처럼 뇌는 사람도 있다.

6
큰물진뒤

큰물 진 뒤

1

닭은 두 홰째 울었다. 모진 비바람 속에 울려오는 그 소리는 별다른 세상의 소리 같았다.

비는 그저 몹시 퍼붓는다. 급하여 가는 빗소리와 같이 천장에서 새어 내리는 빗방울은 뚝뚝 뚝뚝 먼지 구덩이 된 자리 위에 떨어진다. 그을음과 빈대 피에 얼룩덜룩한 벽은 새어 내리는 비에 젖어서 어스름한 하늘에 피어오르는 구름발 같다. 우우 하고 불어오는 바람에 몰리는 빗발은 간간이 쏴 하고 서창을 들이쳤다.

"아이구, 배야! 익헝, 웅, 아구, 나 죽겠소."

윤호의 아내는 몸부림을 치면서 이를 빽빽 갈았다. 닭울 때부터 신음하는 그의 고통은 점점 심하여졌다. 두

손으로 아랫배를 누르고 비비다가도 그만 엎드려서, 깔아놓은 짚과 삿자리(갈대로 만든 자리)를 박박 긁고 뜯는다. 그의 손가락 끝은 터져서 새빨간 피가 삿자리에 수를 놓았다.

"애고고! 내 엄마! 응, 윽, 하이구, 여보."

그는 몸을 발짝 일어서 윤호의 허리를 껴안았다. 윤호는 두 무릎으로 아내의 가슴을 받치고 두 팔에 힘을 주어서 아내의 겨드랑이를 추켜 안았다.

윤호에게는 이것이 첫 경험이었다. 어머니며 늙은 부인들께 말로는 들은 법하나 처음으로 당하는 윤호의 가슴은 알 수 없는 두려움이 두근두근하였다. 그에게는 과거도 미래도 없었다. 침통과 우울과 참담과 공포가 있을 뿐이었다. 미구에 새 생명을 얻으리라는 기쁨은 이 찰나에 싹도 볼 수 없었다,

"여보! 내가 가서 귀둥녀 할미를 데려오리다, 응?"

"아니, 여보! 아이구!"

아내는 윤호의 허리가 끊어지도록 안았다. 그의 낯은 새파랗게 질렸다. 아내의 괴로움만큼 윤호도 괴로웠다. 아내가 악을 쓸 때면 윤호도 따라 힘을 썼다. 아내가 몸

부림을 하고 자기의 허리를 꽉 껴안을 때면 윤호도 꽉 껴안았다.

윤호는 누울 때 지나서부터 몹시 괴로워하는 아내를 보고, 옛적 산파로 경험이 많은 귀둥녀 할미를 불러오려고 하였다. 그러나 아내의 고통은 각일각 괴로워 가는데 보아줄 사람은 하나도 없고, 게다가 비바람이 어떻게 뿌리는지 촌보를 나아갈 수 없어서 주저거렸다.

윤호는 아내의 생명이 끊기고야 말 것같이 생각되었다. 어수선한 짚자리 위에서 뼈둑뼈둑하다가 어린 목숨을 낳다 말고 두 어미 새끼가 돼지는 환상이 보였다. 따라서 해산으로 죽은 여러 사람의 기억이 떠올랐다.

그는 몸을 부르르 떨면서 아내를 더욱 꽉 껴안았다. 마음대로 하는 수 있다면 아내의 고통을 나누고 싶었다. 괴로운 신음 소리와 같이 몸부림을 탕탕 하는 것은 자기의 뼈와 고기를 싹싹 에어내는 듯해서 차마 볼 수 없었다.

"끽! 응! 으응! 유! 아이구! 억억."

아내는 더 소리를 못 지른다. 모들뜬(눈동자가 모아진) 두 눈은 무엇을 노려보는 듯이 똥그랗게 되었다. 숨도 못 내쉬고 이를 꼭 깨물고 힘을 썼다.

"으아."

퀴지근한 비린 냄새가 흐르는 누런 불빛 속에 울리는
새 생명의 소리! 어두운 밤 비바람 소리 속의 그 소리!
윤호는 뵈지 않는 큰 물결에 싸이는 듯하였다.

"무에요."

신음 소리를 그치고 짚자리
위에 누웠던 아내는 머리를
갸우드름하여 사내를 치어다
보았다. 새빨간 핏방울을 번질번질 쏟친 볏짚 위에 떨
어진 어린 생명은 꼼지락꼼지락하면서 빽빽 소리를 질
렀다. 윤호는 전에 들어 두었던 기억대로 푸른 헝겊으
로 탯줄을 싸서 물어 끊었다.

"응! 자지가 있네! 히히히."

윤호는 때 오른 적삼에 어린것을 싸면서 웃었다.

"홍, 호호."

아내는 웃으면서 허리를 구부정하여 어린것을 보았
다. 이 찰나, 침통과 우울과 공포가 흐르는 이 방 안에
는 평화와 침묵이 흘렀다. 윤호는 무엇을 끓이려고 부
엌으로 내려갔다.

우우 쏴 ― 빗발은 서창을 쳤다. 젖은 벽에서는 흙점

이 철썩철썩 떨어졌다. 어디서 급
한 물소리와 같이 수수거리는 소
리가 들렸다. 그 소리는 봄비 속
에 개구리 소리같이 점점 높이 들
렸다. 윤호는 눈을 둥그렇게 뜨면서 귀를 기울였다.

"윤호! 윤호! 방강(提防, 제방)이 터지니 어서 나오."

그 소리는 윤호에게 청천의 벽력이었다. 그는 튀어나
갔다. 이 순간 그의 눈앞에는 퍼런 논판이 떠올랐다. 그
밖에 아무것도 생각나지 않았다. 그는 마당 앞으로 몰
려 지나가는 무리에 뛰어들었다. 어디가 하늘! 어디가
땅! 창살같이 들이는 비! 몰려오는 바람! 발을 잠그는 진
창! 그 속에서 고함을 치고 어물거리는 으슥한 그림자
는 수천만의 도깨비가 횡행하는 것 같다.

2

모든 사람들은 침침 어두운 빗속을 헤저어서 마을 뒤
방축으로 나아갔다. 더듬더듬 방축으로 기어올랐다. 물
은 보이지 않았다. 손과 발로 물 형세를 짐작할 뿐이었
다. 팔팔 철썩 출렁, 팔팔 하는 물소리는 태산을 삼키고

대지를 깨칠 듯하다.

"이거 큰일 났구나."

"암만 해두 넘겠는데."

이 입 저 입으로 흘러나왔다. 그 소리는 위대한 자연의 힘 앞에 인력의 박약을 탄식하는 듯하였다.

"자! 이러구만 있겠소? 그 버들을 찍어라! 찍어서 여기다가 눕히자!"

우렁찬 소리가 들렸다.

"가만있자! 한 짝에는 섬(곡식 담는 짚그릇)에다가 돌을 넣어 여기다가 막읍시다."

"떠들지 말구 빨리 합시다."

탁, 탁, 나무 찍는 도끼 소리가 났다. 한편에서는 섬을 메어 올렸다. 윤호는 찍은 나무를 끌어다가 가장 위태로운 곳에 뉘었다.

빗소리, 물소리, 바람 소리, 어둠 속에서 흥분된 모든 사람들은 죽기로써 힘을 썼다.

이 방축에 이 마을 운명이 달렸다. 이 방축 안에 있는 논과 밭으로 이백이 넘는 이 마을 집이 견디어 간다. 그런 까닭에 해마다 가을봄으로 이 마을 사람들은 이 방축에 품을 들여서, 천만 년 가도 허물어지지 않게 애를 써왔다. 그뿐만 아니라 이리로 바로 쏠리던 물길을 방축 건너편 산 아래로 돌리기까지 하였다.

이렇게 쌓은 공이 하루아침에 무너졌다. 작년 봄에 이 마을 밖으로 철도가 났다. 철도는 이 마을 뒷내를 건너게 되어서 그 내에 철교를 놓았다. 그 때문에 저편 산 아래로 돌려놓은 물은 철교를 지나서 이 마을 뒤 방축을 향하고 바로 흐르게 되었다.

이 때문에 촌민들은 군청, 도청, 철도국에 방축을 더 굳게 쌓아 주든지 철교를 좀 비스듬히 놓아서 물길이 돌게 하여 달라고 진정서를 여러 번이나 들였으나 조금의 효과도 얻지 못하였다. 작년 여름 물에 이 방축이 좀 터졌으나 호소할 곳이 없었다. 그 뒤로 비만 내리면 촌민들은 잠을 못 자고 방축을 지켰다.

"이, 이, 이게 어찐 일이냐? 응."

"터지는구나! 이키, 여기는 벌써 터졌네."

"힘을 써라! 힘을 써라! 이게 터지면 우리는 죽는다. 못산다."

초초분분 불어 가는 물은 콸콸 소리를 치면서 방축을 넘었다.

바람이 우우 몰려왔다. 비는 여러 사람의 낯을 쳤다.

　　모두 흑흑 느끼면서 낯을 가리고
　　물을 뿜었다.
　　쏴 — 콸콸콸.
　　"여기도 또 터졌구나."

　모두 그리로 몰렸다. 아래를 막으면 위가 터지고 위를 막으면 아래가 터진다. 터지는 것보다 넘치는 물이 더 무서웠다.

　"이키, 여기 벌써 물이 길(丈)이나 섰구나."

　거무칙칙하여 보이지 않는 논판에서 누가 부르짖었다.

　이제는 누구나 물을 막으려는 사람이 없다. 어둠 속에 희슥한(허연) 그림자들은 창살 같은 빗발을 받고 가만히 서 있다. 모진 바람이 한바탕 지나갔다. 모든 사람들은 굳센 물결이 무릎을 잠그고 궁둥이를 잠글 때 부르르 떨었다.

　윤호도 방축을 넘는 물속에 박은 듯이 서 있었다. 꺼먼 그의 눈앞에는 물속에 들어가는 논이 보였다. 떠내려가는 집들이 보였다. 아우성치는 사람이 보였다. 이 환상을 볼 때 그는 으응 부르짖으면서 방축에서 내려뛰었다. 방축 아래 내려서니 살같이 흐르는 물이 겨드랑

이를 잠근다. 그는 돌인지 물인지 길인지 밭인지, 빠지고 거꾸러지면서 집마을을 향하고 뛰었다.

이 모퉁이 저 모퉁이에서 물을 헤저어 나가는 아우성 소리가 빗소리와 같이 요란하건만 그에게는 들리지 않았다. 그의 눈앞에는 물 한 모금 못 먹고 짚자리 위에 쓰러진 두 생령의 환상이 보일 뿐이다. 그는 환상을 보고 떨 뿐이다. 그 환상은 누런 진흙물 속에 쓰러진 집에 치어서 킥킥 버둥질치는 형상으로도 나타났다. 그는 주먹을 부르쥐고 이를 악물었다. 윤호는 자기 집 마당에 다다랐다.

불빛이 희미한 창 속에서 어린애 울음이 들렸다. 창에 비친 불빛에 누릿한 물은 흙마루를 지나 문턱을 넘었다.

윤호는 방으로 뛰어들어갔다. 방에는 물이 흥건히 들었다. 아내는 물속에서 애를 안고 어쩔 줄을 몰라 한다. 물은 방 안에 점점 들어온다. 어디서 찍 소리가 들렸다. 돌아보니 뒷벽이 뚫어져서 물이 디미는 소리였다. 윤호는 아내를 둘러업고 아기를 안았다.

이때 초인간적(超人間的) 굳센 힘이 그를 지배하였다. 그는 문을 차고 밖으로 뛰어나왔다. 어느새 물은 허리에 잠겼다. 물살이 어떻게 센지 소 같은 장사라도 견디기 어려울 지경이다. 그는 쓰러졌다가는 일어서고 일어섰다가는 쓰러지면서 물속을 헤저어 나갔다. 팔에 안은 것이 무엇이며 등에 업은 것이 누구라는 것까지 이 찰나에 의식치 못하였다. 의식적으로 업고 안은 것이 이제는 기계적으로 놓지 않게 되었다.

3

동이 텄다. 사방은 차츰 훤하여졌다. 거무칙칙하던 구름이 풀리면서 퍼붓는 듯하던 비가 실비로 변하더니 이제는 안개비가 되었다. 바람도 갔다.

마을 사람들은 거지반 마을 앞 조그마한 산에 몰렸다. 밝아가는 새벽빛 속에 최최해서(초라해서) 어물거리는 사람들은 갈 바를 몰라 한다. 누구를 부르는 소리! 울음 소리! 신음하는 소리에 수라장을 이루었다.

윤호는 후줄근한 풀 위에 아내를 뉘었다. 어린것도 내려놓았다. 참담한 속에서 고고성(높고 큰 소리)을 지른 붉은 생령은 참담한 속에서 소리 없이 목숨이 끊겼다.

찬비와 억센 물에 쥐어싼 듯이 된 윤호 아내는 싸늘한 어린것을 안고 흑흑 느낀다. 윤호는 아무 소리 없이 붙안고 우는 어미 새끼를 물끄러미 보았다. 그의 가슴은 저리다 못하여 무엇이 뭉킷 누르는 듯하고 머리는 띵한 것이, 눈물도 나지 않고 말도 나오지 않았다.

날은 다 밝았다. 눈앞에 뵈는 것은 우뚝우뚝한 산을 남겨 놓고는 망망한 물판이다. 어디가 논? 어디가 밭? 어디가 집? 어디가 내! 누런 물이 세력을 자랑하는 듯이 촬 — 촬 — 흐른다. 널쪽, 궤짝, 짚가리, 나뭇단, 널따란 초가지붕 — 온갖 것이 둥둥 물결을 따라 흘러내린다.

저편 버드나무 속으로 흘러나오는 집 위에는 계집 같기도 하고 사내 같기도 한 사람 서넛이 이편을 보고 고함을 치는지, 손을 내두르고 발을 구른다. 개인지 돼지인지 자맥질쳐서 이리로 나온다. 사람 실은 지붕은 슬슬 내리다가 물 위에 머리만 봉긋이 내놓은 버드나무에 닿자마자 그만 물속에 쑥 들어가더니 다시 떠오를 때에는 여러 조각이 났다. 그 위의 사람의 그림자는 다시 볼 수 없었다.

그 저편에도 두엇이나 탄 지붕인지 짚가리인지 흘러

간다. 그러나 누구 하나 그것을 건지려는 사람은 없다.
윤호의 곁에 있는 한 오십 되어 뵈는 늙은 부인은,

　"에구, 끔찍해라! 에구, 내 돌쇠야! 흑흑."

　하면서 가슴을 치고 땅을 친다. 어떤 젊은 부인은 어
린것을 업고 흑흑 울기만 한다. 사내들도 통곡하는 사
람이 있다. 밥 달라고 우는 어린것들도 있다. 어떤 사람

은 멍하니 서서 질펀한 물판을 얼없이 보기도 하고, 어떤 사람은 지르르한 풀판에 앉아서 담배만 풀썩풀썩 피우기도 한다.

풀렸다가는 엉키고 엉켰다가는 풀리는 구름 사이로 푸른 하늘이 보이면서 둔탁한 굵은 볕발(햇발)이 누른 무지개 모양으로 비쳤다. 안개비도 갰다.

"여보! 울면 뭘 하우. 그까짓 죽은 것 생각할 게 있소? 자, 울지 마오. 산 사람은 살아야 안 쓰겠소?"

이렇게 아내를 위로하나 그도 슬펐다. 물 한 모금 못 먹인 아내를 생각하든지 제명에 못 죽은 아들! 현재도 현재려니와 이제 어디를 가랴? 1년 내 피와 땀을 짜 받아서 지은 밭이 하룻밤 물에 형적조차 남기지 않았으니 이 앞일을 어찌하랴?

그는 생각하면 생각할수록 슬펐다. 슬픔에 슬픔을 쌓은 그 슬픔은 겉으로 눈물을 보내지 않고 속으로 피를 짰다. 그는 어린 주검을 소나무 아래 갖다 놓고 솔잎으로 덮어놓았다. 그 주검을 뒤에 두고 나오니 알 수없이 발이 무거웠다.

이른 아침때나 되어서부터 윤호의 아내는,

"아이구, 배야! 배야!"

하고 구른다. 어물어물하는 사람은 많건만 모두 제 설움에 겨워서 남의 괴로움을 돌볼 새가 없다.

"허허, 이것 안 되었군! 산후에 찬물을 건네구 사람이 살 수 있겠소! 별수 없으니 어서 업구서 넘엇마을로 가보."

웬 늙은이가 곁에 와서 구르는 아내를 붙잡아 주면서 걱정한다.

윤호는 아내를 업었다. 새벽에는 아내를 업고 애를 안고 그 모진 물속을 헤저어 나왔건만, 인제는 1마장도 갈 것 같지 못하다. 더구나,

"아이구, 배야."

하면서 두 어깨를 꽉 끌어당기면서 몸을 비비 틀면 허리가 휘친휘친하고 다리가 휘우뚱거려서 어쩔 수 없다. 그는 땀을 흘리면서 조그마한 고개를 넘어왔다. 거기는 십여 호나 되는 조그마한 동리가 있다. 벌써 물에 쫓긴 사람들이 집집이 몰려들었다.

윤호는 어느 집 방을 겨우 얻어서 아내를 뉘어 놓았다. 누가 미음을 쑤어다 주는 것을 먹였으나 아내는 한 모금 못 먹고 그저 신음한다. 의원을 데려다가 침, 뜸,

약, 힘자라는 데까지 손을 써 보았으나 소용이 없었다.
낮부터 비는 또 화르륵 내렸다.

괴로운 사흘은 지나갔다.

집을 잃고 밭을 잃고 부모를 잃고 처자를
잃은 무리들은 거기서 삼십 리 되는 읍으로
나갔다. 윤호도 그중의 한 사람이었다. 그네들은 읍에
나가서 정거장의 노동자, 물지게꾼, 흙질꾼, 구들 고치
는 사람 — 이렇게 그날그날을 보냈다. 어떤 자는 이집
저집으로 돌아다니면서 밥을 빌어먹었다. 윤호는 집 짓
는 데 돌아다니면서 흙을 져 날랐다.

그의 아내의 병은 나날이 심하였다. 바싹 말랐던 사
람이 퉁퉁 부어서 멀겋게 되었다. 그런 우중 녹녹한 풀
막 속에서 변변히 먹지도 못하고 간병하는 손도 없으니
그 병의 회복을 어찌 속히 바라랴!

윤호가 하루는 아내의 병구완으로 한잠도 못 자고 밤
새껏 애쓰다가 아침을 굶고 일터로 나갔다. 하루 오십
전을 받는 일이건만 해뜨기 전에 나와서 어두워야 돌아

간다. 그날 아침에는 흙을 파서 담는데 지겟다리가 부러져서 그 때문에 한 시간 동안이나 흙을 못 날랐다. 그 새에 다른 사람은 세 짐이나 더 졌다.

"이놈은 눈깔이 판득판득해서 꾀만 부리는구나."

양복 입은 감독은 늦게 온 윤호를 보고 눈을 굴렸다. 윤호는 아무 대답 없이 흙을 부어 놓고 돌아서 나왔다. 나오려고 하는데 감독이 쫓아오더니 앞을 딱 막아서면서,

"왜 늦게 댕겨."

꺼드럭꺼드럭하는 서울말로 툭 쏘았다.

"네, 지겟다리가 부러져서 그거 고치느라구 늦었습니다."

"뭘 어쩌구 어째? 남은 세 지게나 졌는데 어디 가 낮잠을 잤어? 그놈 핑계는 바루."

"정말이외다. 다른 날 언제 늦게 옵데까? 늘 남 먼저 오잖았습니까……."

"이놈아, 대답은 웬 말대답이냐, 응? 다른 날은 다른 날이고 오늘은 오늘이지! 돈이 흔해서 너 같은 놈을 주는 줄 아니?"

하더니 윤호의 여윈 뺨을 갈겼다. 윤호는 뺨을 붙잡

고 가만히 서 있었다.

"이놈아, 너 같은 놈은 일없다. 가거라!"

하더니 주먹으로 윤호의 미간을 박으면서 발
을 들어 배를 찼다.

"아이구! 으응응, 흑흑."

윤호는 울면서 지게 진 채 땅에 거
꾸러졌다. 그의 코에서는 시뻘건 선지
피가 콸콸 흘렀다. 일꾼들은 모두 이편을 보았다. 같은
지겟꾼들은 무슨 승수(윗사람의 명령)나 난 듯이 더 분주
하게 져 나른다.

"이놈아, 가! 가거라!"

감독은 독살이 잔뜩 엉긴 눈으로 윤호를 보더니 사방
을 돌아보면서,

"뭘 봐? 어서 일들 해! 도오모 죠센징와 다메다! 쪼
루꾸데 다메다!"

하는 바람에 일꾼들은 조심조심히 일에 손을 댔다.

녹녹한 검은 땅을 붉고 뜨거운 코피로 물들인 윤호는
일어섰다. 코에서는 걸디건 피가 그저 뚝뚝 흘렀다. 그
의 흙투성이 된 옷섶은 피투성이가 되었다. 그는 머리를
숙이고 한참이나 서서 무엇을 생각하더니 빈 지게를 지

고 어청어청 아내가 누워 있는 풀막으로 돌아갔다.

　윤호는 지게를 벗어서 팔매를 치고(내던지고) 갱막 안
으로 들어갔다. 어둑한 막 안에서 신음하던 아내는 눈
을 비죽이 떠서 윤호를 보더니 목구멍을 겨우,

　"여보, 어째 그러오? 그게 어쩐 피요?"

　묻는다. 윤호는 아무 대답 없이 아내의 곁에 드러누
웠다. 모두 귀찮았다. 세상만사가 다 귀찮았다. 세상 밖
에 나와서 비로소 가장 사랑하던 아내까지도 귀찮았다.
죽는다 해도 꿈만 같았다.

　"네? 어째 그러오?"

　그러나 재차 묻는 부드러운 아내의 소리에 대답 안 할
수가 없었다.

　"응, 넘어져서 피가 터졌소."

　윤호의 소리가 그치자 아내는 훌쩍훌쩍 운다. 윤호의
가슴은 칼로다 빡빡 찢는 듯하였다. 그는 알 수 없는 커
다란 것에 눌리는 듯하였다. 무엇이 코와 입을 꽉 막는
듯이 호흡조차 가빴다. 그는 온몸에 급히 힘을 주면서 눈
을 번쩍 떴다. 아무것도 없었다. 그저 으스름한 속에 넌
들넌들(지저분하게 늘어져) 드리운 풀포기가 있을 뿐이다.

　그는 눈을 다시 감았다. 모든 지나온 일이 눈앞과 머

릿속에 방울이 져서 떠올라서는 툭 터져버리고 터져버리곤 한다. 자기는 이때까지 남에게 애틋한 일, 포악한 일을 한 적이 없었다. 싸움이면 남에게 졌고 일이면 남보다 더 많이 하였다.

자기가 어려서 아버지 돌아갈 때 밭뙈기나 있는 것을 삼촌더러 잘 관리하였다가 자기가 크거든 주라고 한 것을, 삼촌은 그대로 빼앗고 말았다. 그러나 자기는 가만히 있었다. 동리 심부름이라는 심부름은 자기와 아내가 도맡아 하여 왔다. 그래도 잘못한 일이 있으면 자기와 아내가 홀로 책망과 욕을 들었다.

선한 일을 하면 복을 받는다, 부지런하면 부자가 된다, 남이 욕하든지 때리든지 가만히 있어라 — 이러한 것을 자기는 조금도 어기지 않고 지켜 왔다. 그러나 오늘날 이때까지 자기에게 남은 것은 풀막, — 그것도 제 손으로 지은 것 — 병, 굶음, 모욕밖에 남은 것이 없다.

집을 바치고 밭을 바치고 힘을 바치고 귀중한 피까지 바치면서도 가만히 순종하였건만 누구 하나 이렇다 하는 이가 없었다. 오히려 이때까지 자기가 본 경험으로 말하면, 욕심 많고 우락부락하고 못된 짓 잘하는 무리들은 잘 입고 잘 먹고 잘 쓴다.

자기에게 남은 것은 이제 실낱같은 목숨뿐이다. 아내뿐이다. — 그러나 그것도 이렇게 되고서는 몇 달을 보증하랴! 까딱하면 목숨까지 버릴 것이다. 목숨까지 바쳐? 이 목숨 — 여기까지 생각하고 그는 몸을 부르르 떨면서 주먹을 쥐었다.

"응! 그는 못해."

그는 혼잣소리같이 뇌면서 머리를 흔들었다. 사실이다. 목숨까지 바치기는 너무도 억울하다. 자기가 왜 고생을 했나? 목숨이다! 이 목숨을 아껴서 무슨 고생이든지 하였다. 목숨을 바치면 죽는 것이다. 죽고도 무엇을 구할까? 그러나 그저 이대로 있어서는 살 수 없다. 병으로 살 수 없고 배고파 살 수 없고 — 결국 목숨을 바치게 된다.

이때 그의 머리에는 떠오른 것이 있었다. 눈앞에 보이는 환상이 있었다. 그의 해쓱한 낯에는 엄연한 빛이 어리고 다정스럽던 두 눈에는 독기가 돌았다. 그는 다시 입술을 깨물고 주먹을 쥐었다.

5

초승달이 재를 넘은 지 벌
써 오래되었다. 훤히 갠
하늘에 별빛은 푸근히 보
였다. 사면은 고요하다. 이슬에 녹녹한 대지 위에 우뚝
이 솟은 건물들은 잠잠한 물 위에 뜬 듯이 고요하다. 멀
리 뭉긋이 보이는 산날(산등성이)은 하늘 아래 굵은 곡
선을 그었다.

세상이 모두 잠자는 이때, 집마을에서 좀 떠나 으슥한
수수밭머리에 풀포기를 모아 얽어 놓은 조그만 막 속에
서 나오는 그림자가 있다. 그 그림자는 막 앞에 나서서
한참 주저거리더니 수수밭머리에 훤히 누워 있는 큰길
을 건너서, 조와 콩이 우거진 밭 속으로 몸을 감추었다.

사면은 다시 쥐 하나 어른거리지 않았다. 스르럭스르
럭 서로 부닥치는 좃대 소리는 귀담아듣는 이나 들을 것
이다. 먼 데서 울려오는 개 짖는 소리는 딴 세상의 소리
같다.

한참 만에 집마을 가까운 조밭 속으로 아까 숨던 그림자가 다시 나타났다. 그 그림자는 으슥한 집 울타리 그림자 속으로 살근살근, 그러나 민활하게 이 집 저 집, 이 골목 저 골목으로 지나간다. 가다가는 한참이나 서서 주저거리다가도 또 간다. 기단 골목의 여러 집을 지나서 나오는 그림자는 현등이 드문드문 걸린 거리에 이르더니 썩 나서지 못하고 어떤 집 옆에 서서 앞뒤를 보고 아래위를 본다. 거리는 고요하다. 집집이 문을 채웠다.

저 아래편에 아득히 보이는 파출소까지 잠잠하였다. 한참 주저거리던 그림자는 얼른얼른 거리를 뛰어 건너서 맞은편 어둑한 골목으로 들어섰다. 그를 본 사람은 하나도 없었다. 그러나 거리의 말없는 현등만은 그가 누구인 것을 알았다. ― 그는 윤호였다.

윤호는 몇 걸음 걷다가는 헝겊에 똘똘 감아서 허리끈에 지른 것을 만져 보았다. 만질 때마다 반짝 서릿발 같은 그 빛을 생각하고 몸을 떨면서 발을 멈추었다. 뒤따라 새빨간 피, 째각째각 칼 소리를 치고 모여드는 붉은 눈! 잔뜩 얽히는 자기 몸을 생각지 않을 수 없었다. 그보다도 칼 밑에 구슬피 부르짖고 쓰러지는 생령을 생각하면 가슴이 뭉킷하고 온 신경이 쩌릿쩌릿하였다.

"아. 못할 일이다! 참말 못할 일이다! 내가 살자고 남을 죽여!"

그는 입 안으로 중얼거리면서 발끝을 돌렸다. 그러다가도 자기의 절박한 처지라거나 자기가 목표 삼고 나가는 대상들의 하는 짓들을 생각할 때면 그 생각이 뒤집혔다.

'아니다, 남을 안 죽이면 나는 죽는다. 아내는 죽는다. 응, 소용없다, 선한 일! 죽어서 천당보다 악한 짓이라도 해야, 살아서 잘 먹지! 그놈들도 다 못된 짓하고 모은 것이다. 예까지 왔다가 가다니?'

이렇게 생각하면 풀렸던 사지가 다시 긴장되었다. 그는 다시 앞으로 걸었다. 집에서 떠나면서부터 이리하여 주저한 것이 5, 6차나 되었다.

윤호는 커다란 솟을대문 앞에 다다랐다. 그는 급한 숨을 죽여 가면서 대문을 뒤두고(미루고) 저편 높다란 싸리울타리 밑으로 갔다. 그의 가슴은 두근두근하고 사지는 떨렸다. 귀밑 맥이 둑탁둑탁하면서 이가 덜덜 솟긴다.

"에라, 그만둬라. 사람으로서 차마!"

그는 가슴을 누르고 한참 앉았다. 한참 만에 그는 우뚝 일어섰다. 두 팔을 쭉 폈다. 몸을 부쩍 솟는 때에 싸리가 부서지는 소리, 우쩍 하자 그의 몸은 울타리 위에 올라갔다.

마루 아래서 으응 하고 으르대던 개가 울타리 안에 그림자가 얼른 하는 것을 보더니 으르르 엉엉왕 하면서 내닫는다.

"으흥! 이 개!"

방에서 우렁찬 사내 소리가 들렸다. 윤호는 얼른 고기를 꿰어 가지고 온 낚시를 집어던졌다. 개는 집어먹었다. 낚시에 걸린 개는 낚싯줄을 잡아당기는 대로 꼼짝 소리를 못 지르고 느른히 쫓아다닌다. 낚싯줄을 울타리 말뚝에 잡아맨 윤호는 살근살근 마루로 갔다. 그리 몹시 두근거리던 그의 가슴은 끓고 난 뒤의 물같이 잠잠하였다. 두 눈에서 흐르는 이상한 빛은 어둠 속에서 번쩍하였다.

그는 마루 아래 앉더니 허리끈에 지른 것을 빼어서 슬근슬근 풀었다. 널찍한 헝겊이 다 풀리자 환한 별빛 아래 번쩍하는 것이 그의 무릎에 놓였다. 그는 그 헝겊으로 눈만 내놓고는 머리, 이마, 귀, 입, 코, 할 것 없이 싸고 무릎에 놓인 것을 잡더니 마루 위에 살짝 올라섰다. 이때 방 안에서,

"무어는 무어야? 개가 그러는 게지."

사내의 소리가 나더니 삭 스르럭 성냥 긋는 소리가 들렸다. 윤호는 주춤하다가 다시 뻣뻣이 섰다.

6

낮이면 돈을 만지고 밤이면 계집을 어르는 것으로 한 없는 쾌락을 삼는 이 주사는 어쩐지 오늘밤따라 마음이 뒤숭숭하여 졸음이 오지 않았다. 끼고 누웠던 진주집을 깨워서 술을 데워 서너 잔이나 마셨으나 역시 잠들 수 없었다.

눈을 감으면 무엇이 와 덮치는 것 같기도 하고, 눈을 뜨면 마루에서 무슨 소리가 들리는 듯도 하였다. 머리 맡에 켜놓은 촛불의 거물거물하는 것까지 무슨 시뻘건 눈깔이 노려보는 듯해서 꺼버렸다.

"여보, 잡시다. 왜 잠 못 드우?"

"글쎄, 졸음이 안 오는구려."

이 주사는 진주집 말에 대답은 하였으나 자기 입으로 자기 넋으로 나오는 소리 같지 않았다. 그는 눈을 감았다 뜰 때에 벽에 해쓱한 그림자가 서 있는 것을 보고 여러 번 가슴이 꿈틀꿈틀하였다. 그러다가도 그 그림자가 의복이라고 생각하면 좀 맘이 폈다. 그렇게 생각하고 그 그림자에 여러 번 속았다.

그는 여러 번 베개 너머로 손을 자리 밑에 넣었다. 큼직한 것이 손에 만져지면 그는 큰숨을 화 쉬었다. 그는 이렇게 애쓰다가 삼경이 지나서 겨우 잠이 스르르 들자마자 무슨 소리에 놀라 깨었다. 진주집도 이 주사가 와뜰(깜짝) 놀라는 바람에 깨었다. 그 소리는 마루 아래 개가 으르르 윙! 짖는 소리였다. 이 주사는 가슴에서 넉장이 뚝 떨어졌다.

"으흥! 이 개."

그는 겁결에 소리를 쳤으나 뛰노는 가슴을 진정할 수 없었다. 더욱 왈칵 내닫는 개가 깜짝 소리 없는 것이 의심스러웠다. 그러자 마루가 우쩍 하는 것이 무에 단박 들이미는 것 같았다

"마루에서 무엔구."

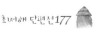

진주집은 초에다가 불을 켰다.

"무에는 무에야? 개가 그러는 게지."

이 주사의 소리는 떨렸다. 그는 얼른 자리 밑에 넣었던 뭉치를 끄집어내어서 꼭 쥐었다.

"어디 내가 내다보구."

진주집은 미닫이를 열더니 덧문을 덜컥 벗겨서 열었다.

문 열던 진주집! 뒤에서 내다보던 이 주사! 벌거벗은 두 남녀는 "으악" 들이긋는 소리와 같이 그만 푹 주저앉았다. 열린 문으로는 낯을 가린 뻣뻣한 장정이 서리 같은 칼을 들고 나타났다. 장정은 미닫이를 천천히 닫더니,

"목숨을 아끼거든 꼼짝 마라."

명령을 내렸다. 그 소리는 그리 높지 않으나 시멘트 판에 쇳덩어리를 굴리는 듯하였다. 벌거벗은 남녀는 건들거리는 촛불 속에 수굿이 앉았다. 두 사람의 낯은 새파랗게 질렸으나 아름다운 살빛, 이쁜 곡선은 여윈 사람에게서는 도저히 볼 수 없는 것이었다.

"이근춘이, 네 들어라. 얼마든지 있는 대로 내놔야 하지 그렇잖으면 네 혼백은 이 칼끝에 달아날 것이다."

장정은 칼끝으로 이 주사를 견주면서 노려보았다. 평화와 안락과 춘정이 무르녹았던 방엔 긴장한 공포의 침묵이 흘렀다.

　"왜 말이 없니."

　"네, 모다 저금하고 집에는 한 푼도 어, 없습니다. 일후에 오시면……."

　이 주사는 꿇어앉아서 부들부들 떤다.

　장정은 이 주사를 한참 노려보더니 허허허 웃으면서,

　"이놈이 무에 어쩌구 어째? 일후에 오라구? 고사를 지내 봐라! 일후에 오나? 어서 내라, 이놈이 칼 맛을 보아야 하겠군!"

　하더니 유들유들한 이 주사의 목을 잡아끌었다. 이 주사는 끌리면서도 꼭 모은 두 다리는 펴지 않았다.

　"이놈아, 그래, 못 줄 테냐?"

　서리 같은 칼끝은 이 주사의 목에 닿았다.

　"끽끽! 칙칙!"

　여자는 낯을 가리고 부들부들 떨면서 속으로 운다.

　"아, 아, 안 그리, 제발 살려 줍시오."

이 주사는 두 다리 새에 끼었던 커다란 뭉치를 끄집
어내면서,

"모두 여기 있습니다. 제발 살려 줍쇼."

하고 말도 바로 못한다.

장정은 이 주사의 목을 놓고 그 뭉치를 받더니 싼 것
을 벗기고 속을 보았다.

"인제는 갈 테니 네 손으로 대문 벗겨라!"

장정은 명령을 내렸다. 이 주사는 부들부들 떨면서 대
문을 벗겼다. 대문 밖에 나선 장정은 홱 돌아서서 이 주
사를 보더니,

"흥, 낸들 이 노릇이 좋아서 하는 줄 아니? 나도 양심
(良心)이 있다. 양심이 아픈 줄 알면서도 이 짓을 한다.
이래야 주니까 말이다. 잘 있거라."

하고 장정은 어둠 속에 그림자를 감추었다. 대문턱에
벌거벗고 선 이 주사는 오지도 가지도 않고 멀거니 섰
다가 몸을 부르르 떨면서 녹녹한 땅에 거꾸러졌다.

사면은 고요하였다. 높고 넓은 하늘에 총총한 별만이
하계의 모든 것을 때룩때룩 엿보았다.

7
기아와
살육

경수는 묶은 나뭇짐을 짊어
졌다.

힘에야 부치거나 말거
나 가다가 거꾸러지더라
도 일기가 사납지 않으면 좀 더하려고 하였으나 속이 비
고 등이 시려서 견딜 수 없다.

키 넘는 나뭇짐을 가까스로 진 경수는 끙끙거리면서
험한 비탈길로 엉금엉금 걸었다. 짐바(짐 묶는 줄)가 두
어깨를 꼭 조여서 가슴은 빠그러지는 듯하고 다리는 부
들부들 떨려서 까딱하면 뒤로 자빠지거나 앞으로 곤두
박질할 것 같다. 짐에 괴로운 그는,

"이놈, 남의 나무를 왜 도적질해 가늬!"

하고 산 임자가 뒷덜미를 잡는 것 같아서 마음까지 괴로웠다. 벗어버리고 싶은 마음이 여러 번 나다가도 식구의 덜덜 떠는 꼴을 생각할 때면 다시 이를 갈고 기운을 가다듬었다.

서북으로 쏠려 오는 차디찬 바람은 그의 가슴을 창살같이 쏜다. 하늘은 담뿍 흐려서 사면은 어둑충충하다.

5리가 가까운 집까지 왔을 때, 경수의 전신은 땀에 후줄근하였다. 몸을 움직일 때마다 의복 속으로 퀴지근한 땀 냄새가 물씬물씬 난다. 그는 부엌방 문 앞에 이르러서 나뭇짐을 진 채로 펑덩 주저앉았다.

'인제는 다 왔구나.'

하고 생각할 때, 긴장되었던 그의 신경은 줄 끊어진 활등같이 흐뭇하여져서 손가락 하나 꼼짝할 용기도 나지 않았다.

"해해, 아빠 왔다. 아빠! 해해."

뚫어진 문구멍으로 경수를 내다보면서 문을 탁탁 치는 것은 금년에 세 살 나는 학실이었다. 꿈같은 피곤에 쌓였던 경수는 문구멍으로 내다보는 그 딸의 방긋 웃는 머루 알 같은 눈을 보고 연한 소리를 들을 제, 극히 정결하고 순화하고 부드럽고 따뜻한, 무어라 형용키 어려운 감정이 그 가슴에 넘쳤다. 그는 문이라도 부수고 들어가서 학실이를 꼭 껴안고 그 연한 입술을 쪽쪽 빨고 싶었다.

"응, 학실이냐?"

그는 빙그레 웃으면서 바와 낫을 뽑아 들었다. 이때 부엌문이 덜컥 열렸다.

"이제 오늬? 네 오늘 칩었겠구나(추웠겠구나)! 배두 고프겠는데 어찌겠는구?"

하면서 내다보는 늙은 부인은 억색해(억누름) 한다.

"어머니는 별걱정을 다 함메! 일없소."

여러 해 동안 겪은 풍상고초를 상징하는 그 어머니의 주름 잡힌 낯을 볼 때마다 경수의 가슴은 전기를 받은 듯이 찌르르하였다.

2

경수는 부엌에 들어섰다. — 복도는 부엌과 구들이 사이에 벽 없이 한데 이어 있다.

벽에는 서리가 들이돋고 구들에는 먼지가 풀썩풀썩

일어나는 이 어둑한 실내를 볼 때, 그는 새삼스럽게 서양 소설에 나타나는 비밀 지하실을 상상하였다. 경수는,

"아빠, 아빠."

하고 달롱달롱 쫓아와서 오금에 매달리는 학실이를 안고 문 잎에 앉아서 부뚜막을 또 물끄러미 보았다. 산후풍(産後風)이 다시 일어서 벌써 열흘 넘어 신음하는 경수의 아내는 때가 지덕지덕한 포대기와 의복에 싸여서 부뚜막에 고요히 누워 있다. 힘없이 감은 두 눈은 쑥 들어가고 그리 풍부치 못하던 살은 쏙 빠져서 관골이 툭 나왔다.

"내 간 연에 더하지는 않았소?"

"더하지는 않았다마는 사람은 점점 그른다."

창문을 멍하니 보던 그 어머니는 머리를 돌려서 곁에 누운 며느리를 힘없이 본다.

문구멍으로 흘러드는 바람은 몹시 쌀쌀하다. 여러 날 불 끊은 구들은 얼음장같이 뼈가 저릿저릿하다.

누덕치마 하나도 못 얻어 입고 입술이 파래서 겨울을 지내는 학실이는 방긋방긋 웃으면서 경수의 무릎에 올라앉았다가는 내려서 등에 가 업히고 업혔다가는 무릎에 와 안기면서 알아 못 들을 어눌한 소리로 무어라고

지껄이기도 한다.

"안채에서는 아까두 또 나와서 야단을 치구……."

그 어머니는 차마 못할 소리를 하듯이 뒤끝을 흐리마리해 버린다.

"미친놈들 같으니라구, 누가 집세를 떼 먹나! 또 좀 떼우면 어때?"

경수는 얼결에 내쏘았다.

"야, 듣겠다. 안 그러겠늬? 받을 거 워쩌 안 받자구 하겠니? 안 주는 우리가 글치……."

하는 어머니의 소리는 처참한 처지를 다시금 저주하는 듯하다.

"글키는? 우리가 두고 안 준답디까? 에그, 그 게트림하는 꼴들을 보지 말고 살았으면……."

경수는 홧김에 이렇게 쏘았으나 그 가슴에는 천사만념(여러 생각)이 우물거렸다

어머니의 시대에는 남부럽잖게 지내다가 어머니가 늙은 오늘날, 즉 자기가 주인이 된 이때에 와서 어머니와 처와 자식을 뼈저린 냉방에서 주리게 하는 것을 생각하는 때면, 자기가 이십여 년 간 밟아 온 모든 것이 한 푼

가치가 없는 것 같고 차마 내가 주인이라고 식구들 앞에 낯을 드러내 놓기가 부끄러웠다.

'학교? 흥, 그까짓 중학은 다녔대야 무얼 한 게 있누? 학비 때문에 오막살이까지 팔아 가면서 중학을 마쳤으니 무엇이 한 것이 있나? 공연히 식구만 못살게 굴었지!'

그는 이렇게 하루에도 몇 번씩 자기의 소행을 후회하고 저주하였다. 그러다가도,

'아니다, 아니다.'

머리를 흔들면서,

'내가 그른가? 공부도 있는 놈만  해야 하나? 식구가 벌어먹게 집까지 팔면서 공부하게 한 죄가 뉘게 있늬? 내게 있을까? 과연 내게 있을까? 아아, 세상은 그렇게 알 터이지. 흥! 공부를 하고도 먹을 수 없어서 더 궁항에 들게 되니, 이것도 내 허물인가? 일을 하지 않는다구? 일? 무슨 일! 농촌으로 돌아든대야 내게 밭이 있나? 도회로 나간대야 내게 자본이 있나? 교사 노릇이나 사무원 노릇을 한대야 좀 뾰로통한 말을 하면 단박 집어세이고…….

그러면 나는 죽어야 옳은가? 왜 죽어? 시퍼렇게 산 놈이 왜 그저 죽어? 살 구멍을 뚫다가 죽어두 죽지! 왜 거저 죽어? 세상에 먹을 것이 없나? 입을 것이 없나? 입을 것 먹을 것이 수두룩하지! 몇 놈이 혼자 가졌으니 그렇지! 있는 놈은 너무 있어서 걱정하는데 한편에서는 없어서 죽으니 이놈의 세상을 그저 두나?'

  경수는 이렇게 도쳐(돋궈) 생각할 때면 전신의 피가 막 끓어올라서 소리를 지르고 뛰어나가면서 지구 덩어리까지라도 부숴놓고 싶었다. 그러나 미약한 자기의 힘을 돌아보고 자기 한 몸이 없어진 뒤의 식구 — 자기에게 목숨을 의탁한 — 의 정상이 눈앞에 선히 보이는 듯할 때면 '더 참자!' 하는 의지가 끓는 감정을 눌렀다.

  그는 어디서든지 처지가 절박한 사람을 보면 가슴이 찌르르하면서도 그 무리를 짓밟는 흉악한 그림자가 눈앞에 뵈는 듯해서 퍽 불쾌하였다.

  '아아, 내가 왜 주저를 하나? 모두 다 집어치워라. 어머니, 처, 자식 — 그 조그마한 데 끌릴 것 없다. 내 식구만 불쌍하냐? 세상에는 내 식구보담도 백배나 주리는 사람이 있다. 이것저것 다 돌볼 것 없이 모든 인류가 다 같이 살아갈 운동에 몸을 바치자!'

그는 속으로 이렇게 결심도 하고 분개도 하였으나 아직 그렇게 나서기에는 용기가 부족하였다. 아니, 용기가 부족이라는 것보담 식구에게 대한 애착이 너무 컸다.

지금도 어수선한 광경에 자극을 받은 경수는 무릎을 끌어안은 두 손 엄지가락을 맞이어 배배 돌리면서, 소리 없는 아내의 꼴을 골똘히 보고 있다.

철없는 학실이는 그저 품에 와서 지근지근한다. 아까는 귀엽던 학실이도 이제는 귀찮았다. 그는 학실이를 보고,

"내는 자겠다. 할머니 있는 데로 가거라."

하면서 부엌에서 불을 때는 어머니를 가리켰다. 그리고 그는 그냥 드러누웠다. 그는 이 생각 저 생각 끝에, 모두 죽어라! 하고 온 식구를 저주했다. 모두 다 죽어주었으면 큰 짐이나 벗어놓은 듯이 시원할 것 같다.

'아니다. 그네도 사람이다, 산 사람이다. 내가 내 삶을 아낀다 하면 그네도 그네의 삶을 아낄 것이다. 왜 죽으라고 해! 그네들을 이 땅에 묻어? 내가 데리고 이 북만주에 와서 그네들은 여기다 묻어놓고 내 혼자 잘 살아가? 아아, 만일 그렇다 해보자! 무덤을 등지고 나가는 내 자국 자국에 붉은 피가! 저주의 피가 콸짝콸짝 괴

일 테니 낸들 무엇이 바로 되랴? 응! 내가 왜 죽으라고
했을까? 살자! 뼈가 부서져도 같이 살자! 죽으면 같이
죽고!'

　그는 무서운 꿈이나 본 듯이 눈을 번쩍 떴다가 다시
감으면서 돌아누웠다.

3

경수는 돌아누운 대로 꼼짝하지 않고 또 깊은 생각에
잠겼다.

"여보!"

잠잠하던 아내는 경수를
부른다. 그 소리는 가까스
로 입 밖에 흘러나오는 듯이 미미하다.

"또 어째 그러오?"

경수는 낯을 찡그리고 휙 일어나면서 역증 나게 대답
했다. 그러나 그것은 아내가 부르는 것이 역증 나거나
귀찮아서 그런 것이 아니었다. 가슴에 알지 못할 불쾌
한 감정이 울근불근할 제 제 분에 못 겨워서 그렇게 대
답한 것이다.

그 아내는 벌떡 일어나는 경수를 보더니 아무 소리 없
이 눈을 스르르 감는다. 감은 그 두 눈으로부터 굵은 눈
물이 뚝뚝 흘러 해쓱한 뺨을 스치고 거적자리에 떨어진
다. 그것을 볼 때 경수의 가슴은 몹시 쓰렸다. 일없이
통명스럽게 대답한 것이 후회스러웠다.

자기를 따라 수천 리 타국에 와서 주리고 헐벗다가 병

나 드러누운 아내에게 의약을 못 써 주는 자기가 말로
라도 왜 다정히 못해 주었을까? 하는 생각이 치밀 때,
그는 죄송스럽고 애절하고 통탄스러웠다. 이때 그 아내
가 일어나서 도끼로 경수의 목을 자른다 하더라도 그는
순종하였을 것이다. 그는 아내를 얼싸안고 자기의 잘못
을 백 번 사례하고 싶었다.

"여보! 어되 몹시 아프우?"

경수는 다정스럽게 물으면서 곁으로 갔다.

"야, 이거 또 풍(風) 이는 게다."

불을 때고 올라와서 학실이를 재우던 어머니는 며느
리의 낯을 보더니 겁난 목소리로 부르짖는다. 이를 꼭
악문 병인의 이마에는 진땀이 좁쌀같이 빠직빠직 돋았
다. 사들사들한 두 입술은 시우쇠(무쇠)빛같이 파랗다.
콧등에도 땀방울이 뽀직뽀직 흐른다. 그의 호흡은 몹시
급하다.

여러 날 경험에 병세를 짐작하는 경수의 모자는 포대
기를 들고 병인의 팔과 다리를 보았다. 열 발가락, 열
손가락은 꼭꼭 곱아들었고 팔다리의 관절 관절은 말끔
줄어붙어서 소디손(솔다, 좁은) 나무통에다가 집어넣은
사람같이 되었다. 어머니와 경수는 이전처럼 그 팔다리

를 주물러 펴려고 애썼으나 점점 줄어붙어서 쇳덩어리 같이 굳어만 지고 병인은 더욱 괴로워한다.

"여보, 속은 어떠오?"

경수는 물 퍼붓듯 하는 아내의 이마의 땀을 씻으면서 물었다. 아내는 무슨 말을 하려고 입술을 너분적거리나 혀가 굳어서 하지 못하고 눈만 번쩍 떠서 경수를 보더니 다시 감는다. 그 두 눈에는 핏발이 새빨갛게 섰다. 경수는 가슴이 찌르르하고 머리가 띵할 뿐이었다.

"야, 학설 어멈아! 늬 이게 오늘은 웬일이냐? 말두 못 하니? 에구! 워쩐 땀을 저리두 흘리늬?"

어머니는 부들부들 떨면서 병인의 팔다리를 주무른다. 병인은 호흡이 점점 높아가고 전신에서 흐르는 땀은 의복 거죽까지 내배어서 포대기를 들썩거릴 때마다 김이 물씬물씬 오른다.

"에구, 네가 죽는구나! 에구, 어찌겠는구! 너를 뜨뜻한 죽 한술 못 멕이고 쥑이는구나! 하, 야, 학실 아비야! 가봐라! 응, 또 가봐라. 가서 사정해라! 의원(醫員)두 목석이 아니문 이번에야 오겠지! 좀 가봐라. 침이라두 맞혀 보고 쥑여야 원통찮지!"

경수는 벌떡 일어섰다. 무슨 결심이나 한 듯이 그의

눈에는 엄연한 빛이 돈다.

4

네 번이나 사절하고 응하지 않던 최 의사는 어찌 생각하였는지 오늘은 경수를 따라왔다. 맥을 짚어 본 의사는 병을 고칠 테니 의채 오십 원을 주겠다는 계약을 쓰라 한다.

경수 모자는 한참 묵묵하였다.

병인의 고통은 점점 심해간다.

경수는 몸이 부르르 떨렸다. 최 의사를 단박 때려서 죽여버리고 싶었다. 그러나 일각이 시급한 아내를 살려야 하겠다 생각하면 그의 머리는 숙여지지 않을 수 없었다. 그러나 이를 어찌하랴? 그러라 하면 오십 원을 내놓아야 하겠으니 오십 원은커녕 5전이나 있나? 못하겠소 하면 아내는 죽는다.

'아아, 그래, 나의 아내는 죽는가?'

생각할 때 그의 오장은 칼에 푹푹 찢기는 듯하였다.

"시방 돈이 없드래도 일없소! 연기를 했다가 일후에 주어도 좋지! 계약서만 써놓으면……."

의사는 벌써 눈치 챘다는 수작이다.

경수는 벼루를 집어다가 계약서를 써 주었다. 그 계약서는 이렇게 썼다.

의채 일금 오십 원을 한 달 안으로 보급하되 만일 위약하는 때면 경수가 최 의사 집에 가서 머슴 1년 동안 살 일.

의사는 경수 아내의 팔다리를 동침으로 쑥쑥 지르고 나서 약화제(약방문) 한 장을 써 주면서,

"이것을 가지고 박 주사 약국에 가보오. 내 약국에는 인삼이 없어서 못 짓겠으니."

하고는 돌아다보지도 않고 가버렸다.

병인의 사지는 점점 풀리면서 호흡이 순해진다.

경수는 차마 발길이 떨어지지 않았다. 그 약국 문 앞에 이르러서 퍽 주저거리다가 할 수 없이 방에 들어섰다. 약 냄새는 코를 쿡 찌른다. 그는 주저거리다가 겨우 입을 열었다.

"약을 좀 지어 주시오."

약국 주인은 아무 말 없이 화제를 집어서 보다가 수판(주판)을 자각자각 놓더니,

"돈 가지고 왔소?"

하면서 경수를 본다. 경수의 낯은 화끈하였다.

"돈은 낼 드릴 테니 좀 지어 주시오."

경수의 목소리는 간수 앞에서 면회를 청하는 죄수의 소리 같다. 약국 주인은 아무 말도 없이 이마를 찡기면서 저편 방으로 들어간다.

경수는 모든 설움이 복받쳐서 눈물에 앞이 캄캄하였다. 일종의 분노도 없지 않았다. 세상은 너무도 자기를 학대하는 것 같았다. 그것이 새삼스럽게 슬프고 쓰리고 원통하였다. 방 안에 걸어놓은 약봉지까지 자기를 비웃고 가라고 쫓는 것 같았다.

그는 소리 없는 눈물을 주먹으로 씻으면서 약국 문을 나섰다. 약국을 나선 경수는 감옥에서나 벗어난 듯이 시원하지만 빈손으로 집에 들어갈 일을 생각하면 또 부끄럽고 구슬펐다.

5

경수는 집으로 돌아왔다.

집 안은 황혼 빛에 어둑하여 모두 희미하게 보인다. 그는 아내의 곁에 가 앉았다.

"좀 어떻소? 어머니는 어디루 갔소?"

"어머님은 그 집(당신)에서 나간 담에 이내 나가서 시방 안 들이왔소. 약은 저 왔소?"

아내의 소리는 퍽 부드러웠다. 경수는 무어라 대답하면 좋을지 몰랐다. 어서 괴로운 병을 벗어나서 한 찰나라도 건실한 생을 얻으려는 그 아내에게, 그가 먹어야만 될 약을 못 지어 왔소 하기는 남편 되는 자기의 입으로는 차마 말할 수 없었다.

"지금 지어요. 나는 당신이 더치 않은가 해서 또 왔소. 이제 또 가지러 가겠소."

경수는 아무쪼록 아내의 마음을 위로하려고 이렇게 말하였다.

그러나 그것이 경수에게는 더욱 고통이 되었다. 내가 왜 진실히 말 안 했누? 생각할 때, 그 순박한 아내를 속인 것이 무어라 할 수 없이 가슴이 아팠다. 아내는 그 약을 기다릴 것이다, 그 약에 의하여 괴로운 순간을 벗으려고 애써 기다릴 것이다, 이렇게 생각하면서도 그것이 거짓말이라고 고백할 수도 없었다.

"돈 없다구 약국쟁이가 무시기라구 안 합데?"

"흥."

경수는 그 소리에 가슴이 꽉 막혔다. 그 무슨 의미로 흥! 했는지 자기도 몰랐다. 그는 아무 소리 없이 손가락만 비비고 앉았다. 어머니가 얼른 오시지 않는 것이 퍽 조마조마하였다.

그는 불만 멍하니 쳐다보았다. 뻔한 기름불은 실룩실룩하여 무슨 괴화같이 보이더니 인제는 윤곽만 희미하여 무리를 하는 햇빛 같다. 모든 빛은 흐리멍덩하다. 자기 몸은 꺼먼 구름에 싸여서 밑 없고 끝없는 나라로 흥덩거려(넘쳐흘러) 들어가는 것 같다.

꺼지고 거무레한 그의 눈 가장자리가 실룩실룩하더니 누른빛을 띤 흰자위에 푹 박힌 두 검은자위가 점점 한곳으로 모여서 모들떴다. 그의 낯빛은 점점 검푸르러가며 두 뺨과 입술은 경련적으로 떨린다.

그는 그 모들뜬 눈을 점점 똑바로 떠서 부뚜막을 노려보고 있다. 그의 눈에는 새로 보이는 괴물이 있다. 그 괴물들은 탐욕(貪慾)의 붉은빛이 어리어리한 눈을 날카롭게 번쩍거리면서 철관(鐵管)으로 경수 아내의 심장을 팍 질러놓고는 검붉은 피를 쭉쭉 빨아먹는다. 병인은 낯이 새까맣게 질려서 버둥거리며 신음한다. 그렇게 괴로워할 때마다 두 남녀는 피에 물든 새빨간 혀를 내두르면서 "히히하." 웃고 손뼉을 친다.

경수는 주먹을 부르쥐면서 소름을 졌다. 그는 뼈가 쩌릿쩌릿하고 염통이 쏙쏙 찔렸다. 그는 자기 옆에도 무엇이 있는 것을 보았다. 눈깔이 벌건 자들이 검붉은 손으로 자기의 팔다리를 꼭 잡고 철관으로 자기의 염통 피를 빨면서 홍소(哄笑)를 친다. 수염이 많이 나고 낯이 시뻘건 자는 학실이를 집어서 바작바작 깨물어 먹는다. 경수는 악 소리를 치면서 벌떡 일어섰다.

그것은 한 환상이었다. 그는 무서운 사실을 금방 겪은 듯이 눈을 비비면서 다시 방 안을 돌아보았다. 불빛이 어스름한 방 안은 여전하다.

그의 어머니는 그저 오지 않았다. 오늘은 어머니가 어떻게 기다려지는지 마음을 퍽 졸였다. 너무도 괴로워서 뉘 집 우물에 가서 빠져 죽은 것 같기도 하고 어느 나뭇가지에 가서 목이라도 맨 것같이도 생각났다. 그럴 때면 기구한 어머니의 시체가 눈에 보이는 듯하였다. 그는 뒷간에도 가보고 슬그머니 앞집 우물에도 가보았다. 그 어머니는 없었다. 그럴 리가 없겠지? 하고 자기의 무서운 상상을 부인할 때마다 그러한 생각을 하는 자기가 고약스럽고 악착스러웠다.

이렇게 마음을 졸이는 경수는 잠든 아내의 곁에 앉았다. 학실이도 그저 깨지 않고 잘 잔다. 뼈저리게 차던 구들이 뜨뜻하니 수마(睡魔, 견딜 수 없는 졸음)가 모든 사람을 침범한 것이다. 경수도 몸이 노곤하면서 졸음이 왔다.

"경수 있나?"

밖에서 부르는 소리에 경수는 깜짝 놀라 일어섰다. 이때 그의 심령은 그에게 무슨 불길(不吉)을 가르치는 듯하였다.

경수는 문밖에 나섰다.

쌀쌀한 어둠 속에서 사람들이 수군거린다. 그는 공연히 가슴이 덜컥하고 두근두근하였다. 그는 앞뒤를 얼결에 돌아보았다. 누군가 희슥한 것을 등에 업고 경수의 앞에 나타났다.

"아이구, 어머니."

그 사람의 등에 업힌 것을 들여다보던 경수는 이렇게 소리를 지르면서 축 늘어져서 정신없는 어머니에게 매달렸다.

6

경수의 어머니를 방에 들여다 눕혔다. 다리와 팔에서는 검붉은 피가 그저 줄줄 흘러서 걸레 같은 치마저고리에 피 흔적이 임리하다(흥건하다). 낮에 고기(살)도 척척 떨어졌다. 그는 정신없이 척 늘어졌다. 사지는 냉랭하고 가슴만 팔딱팔딱한다.

경수는 갑갑하여 울음도 나지 않고 말도 나오지 않았다

"이게 어쩐 일이오?"

죽 모여 선 사람 가운데서 누가 묻는다. 입을 쩍쩍 다시고 앉았던 김 참봉은 말을 냈다.

"하, 내가 지금 최 도감하고 물남에 갔다 오는데, 요 물 건네 되놈(支那人)의 집 있는 데루 가까이 오니 그놈으 집 개가 어떻게 짖는지! 워낙 그

놈의 개가 사나운 개니까 미리 알아채리느라구 돌째기 (돌맹이)를 찾느라고 엎대서 낑낑하는데, 사람 살리오! 하는 소리가 개 소리 가운데 모기 소리만큼 들린단 말이야! 그래, 최 도감하구 둘이 달려가 보니까 웬 사람을 그놈으 개들이 물어뜯겠지! 그래, 소리를 쳐서 주인을 부른다, 개를 쫓는다 하구 보니 아, 이 늙은이겠지."

하며 김 참봉은 경수 어머니를 가리킨다.

"에구, 그놈의 개가 상년(지난해)에두 사람을 물어 줴였지."

누가 말한다.

"그래, 임자는 가만히 있었나?"

또 누가 묻는다.

"그 되놈덜! 개를 클아배(할아버지)보다 더 모시는데! 사람을 문다구 누군지 그 개를 때렸다가 혼이 났는데두!"

"이놈(支那人)의 땅에 사는 우리가 불쌍하지."

이 사람 저 사람의 소리에 말을 끊었던 김 참봉은 또 입을 열었다.

"그래, 몸을 잡아 일으키니 벌써 정신을 잃었겠지요! 그런데두 무시긴지 저거는 옆구리에 꼭 껴안고 있어."

하면서 방바닥에 놓은 조그마한 보퉁이를 가리킨다.

"그게 무시기요?"

하면서 누가 그것을 풀었다. 거기서는 한 되도 못 되는 누런 좁쌀이 우시시 나타났다. 경수 어머니는 앓는 며느리를 먹이려고 자기 머리의 다리(月子, 덧넣어 놓은 머리)를 풀어가지고 물남에 쌀 팔러 갔던 것이다.

자던 학실이는 언제 깼는지 터벅터벅 기어 와서 할머니를 쥐어흔든다.

"할머니, 일어나라. 이차! 이차!"

학실이는 항상 하는 것같이 잠든 할머니를 깨우는 모양으로 할머니의 머리를 들어 일으키려고 한다. 경수의 아내는 흑흑 운다. 너무도 무서운 광경에 놀랐는지 그는 또 풍중이 일어났다. 철없는 학실이는 할머니가 일어나지 않고 대답도 없으니 어미 있는 데 가서 젖을 달라고 가슴에 매달린다. 괴로워하는 그 어미의 호흡은 점점 커졌다.

모였던 사람은 하나 둘씩 흩어진다. 누가 뜨뜻한 물 한술 갖다 주는 이가 없다.

경수는 머리가 띵하였다. 그는 사지가 경련되는 것을 느꼈다. 그의 가슴에서는 연(납)덩어리가 쑤심질하는 듯

도 하고 매캐한 연기가 팽팽 도는 듯도 하고 오장을 바늘로 쑥쑥 찌르는 듯도 해서 무어라 형언할 수 없었다.

갑자기 하늘은 시커멓게 흐리고 땅은 콩콩 꺼져 들어간다. 어둑한 구석구석으로서는 몸서리치도록 무서운 악마들이 뛰어나와서 세상을 깡그리 태워버리려는 듯이 뻘건 불길을 활활 내뿜는다. 그 불은 집을 불사르고 어머니를, 아내를, 학실이를, 자기까지 태워버리려고 확확 몰려온다.

뻘건 불속으로는 시퍼런 칼 든 악마들이 불끈불끈 나

타나서 온 식구를 쿡쿡 찌른다. 피를 흘리면서 혀를 가로 물고 쓰러져 가는 식구들의 괴로운 신음 소리는 차마 들을 수 없이 뼈까지 저리다. 그 괴로워하는 삶(生)을 어서 면케 하고 싶었다. 이러한 환상이 그의 눈앞에 활동사진같이 나타닐 때,

"아아, 부숴라! 모두 부숴라!"

소리를 지르면서 그는 벌떡 일어섰다. 그의 손에는 식칼이 쥐었다. 그는 으악 — 소리를 치면서 칼을 들어서 내리찍었다. 아내, 학실이, 어머니 할 것 없이 내리찍었다. 칼에 찍힌 세 생령은 부르르 떨며, 방 안에는 피비린내가 탁 터졌다.

"모두 죽여라! 이놈의 세상을 부수자! 복마전(마귀굴) 같은 이놈의 세상을 부수자! 모두 죽여라!"

밖으로 뛰어나오면서 외치는 그 소리는 침침한 어둠 속에 쌀쌀한 바람과 같이 처량히 울렸다. 그는 쓸쓸한 거리에 나섰다. 좌우에 고요히 늘어 있는 몇 개의 상점은 빈지(가게 문)를 반은 닫고 반은 열어놓았다.

경수의 눈앞에는 아무 거리낄 것, 아무 주저할 것이 없었다. 그는 허둥지둥 올라가면서 다 닥치는 대로 부순다. 상점이 보이면 상점을 짓모으고 사람이 보이면 사

람을 찔렀다.

"홍우적(도적놈)이야!"

"저 미친놈 봐라."

고요하던 거리에는 사람의 소리가 요란하다.

"내가 미쳐? 내가 도적놈이야? 이 악마 같은 놈덜 다
죽인다!"

경수는 어느새 웃장거리 중국 경찰서 앞까지 이르렀
다. 그는 경찰서 앞에서 파수 보는 순사를 꽉 찔러 누이
고 안으로 뛰어들어갔다. 창문을 부순다. 보이는 사람
대로 찌른다.

"핑……, 광, 광꽝."

경찰서 안에서는 총소리가 연방
났다. 벽력같이 울리는 총소리는
쌀쌀한 바람과 함께 쓸쓸한 거리
에 처량히 울렸다.

모든 누리는 공포의 침묵에 잠겼다.

최서해 (崔曙海 1901~1932)

최서해의 본명은 학송이고 서해는 호이다. 1901년 1월 21일 함경북도 성진에서 태어났으며 1911년 성진보통학교에 입학했으나 가난으로 5학년 때 중퇴하고 독학으로 문학을 공부하였다.

1917년 간도(間島)로 이주해 여러 직업을 전전하며 방랑하다가 1923년 귀국하였다.

1918년 3월 《학지광》에 시 〈우후정원의 월광〉, 〈추교의 모색〉, 〈반도청년에게〉를 발표하여 창작 활동을 시작했고, 1924년 《조선문단》에 단편 〈고국〉이 추천되어 등단하였다. 1924년 1월 28일부터 2월 4일까지 동아일보에 〈토혈〉을 연재해 소설가로서의 역량을 유감없이 발휘했으며, 1925년 극도로 빈궁했던 간도 체험을 바탕으로 한 자전적 소설 〈탈출기〉를 발표해 당시 문단에 충격을 주었다. 특히 〈탈출기〉는 살길을 찾아 간도로 이주한 가난한 부부와 노모, 이 세 식구의 눈물겨운 참상을 박진감 있게 묘사한 작품으로 신경향파 문학의 대표작으로 평가된다. 그의 작품은 모두가 빈곤의 참상과 체험을 토대로 묘사한 것이어서 그 간결하고 직선적인 문체에 힘입어 한층 더 호소력을 지니고 있었으나, 예술적인 형상화가 미흡했던 탓으로 초기의 인기를 지속하지 못하고 1932년 7월 지병인 위문협착증으로 죽었다.

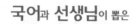

국어과 선생님이 뽑은

한국문학읽기
한국고전읽기
세계문학읽기